U0902127

那四年，青春模样

徐梦媞 著

中国画报出版社 · 北京

序

佟大为

真正认识或者说对梦媞有一定的了解，是在2016年的博鳌亚洲论坛上。当时收到了梦媞的采访邀请，因为有朋友牵线，所以我就答应了。采访那天已经很晚了，也是临时定的时间，所以很仓促，没什么时间互相熟悉。不过一见面、一聊天，我就放心了。虽然她很年轻，但是能看得出来她准备得相当充分，既带有年轻人那股特有的热情，也不失媒体人的专业感。那次采访，我们聊了不少内容。即便过了两年再次接受梦媞的采访，我依然觉得，“能聊”真的是她的一个特点，我想她应该是选择了一个很适合她的职业。

我曾经问过她，大学是学什么专业的。她回答，学新闻的。然后她反问我：“我不像学新闻的吗？”当我读了这本书之后，我很清晰地找到了这个问题的答案。老实说，挺超出我的想象。其实，演员之外，为人父母，没有什么比孩子的健康成长更重要，我们也会在教育方面面对很多选择和取舍。通过这本书里的故事，我能够切实感受到，梦媞大学留学那四年所获得的每一个收获，拼出来的每一个成绩背后，都应该有她拼尽全力的付出。这本书不见得有很华丽的辞藻，但是情感却真真切切，这份真诚让我感动。她的每一份努力，都平实地渗透在点点滴滴的文字里。我觉得能够牵动读者心境的书，能够带给读者共鸣的书就是一本值得推荐的书，无论这份共鸣是来源于整本书，还是某一个章节、一个小故事，又或者只是一句话。

当然，这本书对于想要出国学习新闻的同学们来说，应该是绝佳的读物。不过，在我看来，无论你是一名学生，还是一位家长，不管你是不是学习新闻的，这本书都能给你一些启发，一些关于奋斗的正能量。在书的结尾部分，有句话让我印象非常深刻："从前，我不曾为自己的所作所为而后悔过，唯独对于没做的事，总是后悔莫及。"我在自己的职业生涯中也饰演过不少年轻人为梦想奋斗的形象，拥有梦想，并能为之奋斗无疑是件非常美好也十分了不起的事情。在这里，你会发现，只要敢想，并真的敢去为之努力，你就会遇见一个更好的自己。

2018 年 6 月 26 日

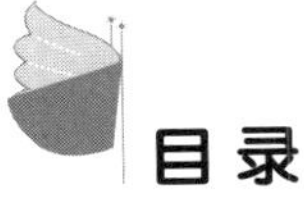

目录

将自己『打包』寄走
出国留学准备篇

体验很多『第一次』
初进校园篇

新闻工作都干些啥？
工作历练篇

很多的『看似不可能』变为了『也许可能吧』

恩师成就篇

谢谢这四年

人生抉择篇

结尾

出国留学准备篇

将自己“打包”寄走

为什么出国?

要倒退个十来年的话，出国上大学甚至留在当地工作对于很多人来说可能都还算是个“新鲜事儿”，对某些人来说也可能是一个一生奋斗追寻的梦想。仅仅过去十年，在社会不断发展的当下，出国留学已经从一个“生僻词”变成了“流行用语”。这就好像一些原来只能从《辞海》里才能找到注解的汉字——比如我名字里的“媞”字——现在已经能轻松地从很多输入法里找到了。对于这个时代的许多年轻人来说，出国留学已经不再是一个遥不可及的梦，而是一条人生的必经之路。而且社会大环境也为这些年轻人铺好了路，等着他们去按部就班地走。我几年前认识的一个从北京某知名高中“国际班”毕业的女孩就是这样走过来的。“国际班”，听着是不是很靠谱?出国留学在这些孩子的眼里已经成为了一件顺理成章的事，就只是人生迈出去的“一小步”而已。

但是，无论过去还是现在，对于那些努力想要从中有所收获的孩子来说，走好这条路仍然是一件相当艰辛的事。感谢正在读这本书的你，感谢你的耐心，希望我的经历能对你有所启迪。

说起来，出国旅游还得做个攻略呢，更别说是离家求学了。你要在那边独立生活，要离开父母和熟悉的环境，独自面对陌生的国土，面对不同的生活习俗，以及不同的做事风格，如果一点儿异常感都没有，绝对是不可能的。在新环境中有排斥感的、厌恶感的、自卑感的或者是以上皆有的，在这个时候就能彻头彻尾地明白“土生土长”的优势了。因为我们不是，所以才容易迸发出各种负面情感，也因此才要有磨合期，不过这个磨合期的长短倒是因人而异。

要说这方面，我确实算得上是一个幸运儿。这就要说说我十几年前的经历了。让我们先倒回去追溯一下。2005年，我通过考试，成为了一名代表自己中学出国交流的交换生。当时懵懵懂懂的我对出国上学这个概念还很是陌生，而且在那个年代，初中一毕业就出国的孩子很少，应该说“交换生”这个概念在当时也只能算是刚兴起吧，我也算当了把“先锋”。经历了“胆战心惊”的面签，看着好多被拒签的人伤心地离去，我“误打误撞”地迈出了国门，在美国的土地上体验到了现在都还记忆犹新的感受。更重要的是，在这些情感的背后，我也悄悄地为之后出国留学打下了稳健的心理基础。在交流期间，我把每天的所见所闻所感都用日记的形式记录了下来，而这些随笔也十分幸运地在我回国后与大家见面了，当时还做了很多交流分享。想想自己写完高中交流生活现在又来写大学留学生活，还真是没什么新意。好吧，话题扯远了。

出国交流一年后归来，周围的亲人和朋友们都乐此不疲地问我：美国是不是特别好？美国的教育是不是比中国先进多了？在那个时代，很多人持有的想法是："留在美国发展一定比回国发展好"，或者说"花了这么多钱，可不得在那里积累点儿经验再回来嘛"，等等。不过无论过去还是现在，在我眼里，这样的心理认知都是盲目的，也是落伍的。

现在很多家长认为，只要家里经济条件允许就应该送孩子出国留学，有些家长甚至盲目地认为越早送出去对孩子越好，没想明白就扔钱出国上学的例子数不胜数。但是真正学有所成又学成而归，还坚守所学专业，脚踏实地努力打拼或是创业的有多少？我没有这个信心。说真的，出国留学不应该只是到外面溜达一趟，过个三四年就结束了的事。事实上，对于那些不想只是拿到个文凭就完了的人来说，国外的大学校园绝对是一个严苛而又充满竞争的修罗场。若想闯出自己的一片天，就要做好长期艰苦奋战的准备。

决定出去之前先问问自己：为什么出国？自己适不适合出国？自己有没有一个具体的目标？出国后要不要在国

外发展？出国回来后怎么接地气？虽然这些问题要在出国前就想得清清楚楚是不可能的，很多想法会根据经历的不断积累而改变，但是这并不代表你在出国之前就不用好好思考这些问题，并把它们装在心里。在我看来，出国前必须做好的心理准备之一，就是要给自己制订一个阶段性“还说得过去”的计划，要知道自己出国的目的是什么。

真心希望每一个选择出国留学的小伙伴都对得起自己的这次“选择”，也让它成为自己人生当中难忘且有价值的一段经历。

我为什么出国?

好吧，说了那么多别人的事，也来说说我过往的心路历程。事实上，2006 年从美国回来以后，我就开始筹划三年以后再次出国的事了。初中毕业之后出国交流的一年，让我长了不少见识，也让我“提前”体会了什么叫孤独、迷茫和没有归属感。这个坎儿迈过去了，好像很多困难也就迎刃而解了。我觉得自己还是十分喜欢与人打交道的，再加上从小学舞蹈，不怵上舞台，所以性格也比较外向，善于表达。听妈妈说，我未曾谋面的姥姥就是干媒体的，可能我也得到了一点儿她老人家的遗传基因，所以上高中那会儿就萌生了想要做电视行业的念头。现在想想，那时可能有点儿理想化，有一种好像也没怎么仔细琢磨就选择了这个行业的感觉。不过现在看来，我觉得这个行业的确还是挺适合我的。尽管不好干，竞争压力也大，但总归我还是努力做着自己喜欢的事情，努力坚持着一点点自我，努力保有着一点点情怀。

我出国学的是广播电视新闻（Radio-Television Journalism），是我们学校新闻系下面的一个专业方向，涵盖面广，且播音主持的内容也会涉及。我之所以选择去美国也是因为这个专业的缘故。在我所能了解的范围内，美国并没有专门的播音主持专业，在他们看来，这项技能并不需要特意去学，一个好的记者自然而然会就上升到这个阶段。所以大部分学广播电视专业的人都是先从记者做起，再根据自己的职业规划选择是否要争取主播的位子，没有很多积累就能直接做主播的例子并不多。但在国内，播音主持是一个被单独划分出来的、需要通过艺考的专业，在这样的体制下，主持人的概念被极大强化。如果真要去比较的话，我觉得我所学的广播电视专业方向更像是一个各项技能与各类知识储备并重的超级综合体。入学时，不会有专门的艺考部分，就是看正常的美国高考成绩。入学后，专业的学习包罗万象，有深度也有广度，就连基本的理科知识以及理科实验课都有。头两年，所有新闻学院的学生一起上各种普课，每个学期只学“一点儿”和新闻相关的东西。

大学最后两年进入具体专业方向后——比如我的方向就是广播电视——每个人就开始深入学习自己方向要掌握的专业技能了。像我，侧重于电视，就是视频编辑、写英文稿件、采访、拍摄、各种报道技巧和深度实践等，一样一样去学去做。特别赞的是我们学校是真正在用“采、拍、写、配、编、播甚至到连线”一体化来要求和训练学生的，这样的训练对于日后的工作极有价值。当然，说到我们学校的新闻学院，也就是密苏里大学的新闻学院，那可是大有来头，稍后我再娓娓道来。

我在这所学校里收获了作为一个新闻人最需要的综合素质，明白了文化积淀的重要性，并且找到了作为新闻人最应该拥有的热情和使命感，而这些就是我看中这里，来这里上学的主要原因。值得一提的是，现在我们学校的新闻系在兴趣方向上划分得比我上学时更为细致。在我留学的时候，学院就是划分为六大专业方向，分别是融合新闻（Convergence Journalism）、杂志新闻 (Magazine Journalism)、摄影新闻（Photojournalism）、纸媒和数字新闻 (Print and Digital News)、广播电视新闻(Radio-Television Journalism）以及战略传播（Strategic Communication），每个方向下面没有更具体的小方向。而现在，在这六个主要方向下，又延伸出来了三十七个兴趣领域可供学生们尽情选择。但即使是在这么多兴趣领域中，广播电视中的报道及播音主持也是放在一起的。也就是说在国外，你学会当好一个记者，你也就同时具备了当一名主持人或评论员的基本素质。而一名好的主持人也基本上等于你曾经当过一名好记者。现在我很喜欢看美国一些老牌主持人或者名记者的节目，在他们身上，岁月留下的是沉淀，留下的是给观众带来的无穷回味。那些冠了这些人名字的节目是一个无法替代的标记，是那股范儿，看着带劲过瘾。

其实回国以后我也迷惘过。在国外待久了，回来之后难免会有些“水土不服”。在中国“混”这个圈子，很多现实的因素在很大程度上会左右很多事情，这些“现实”在国外也不是没有，但是国内这个“阶梯”混杂了太多“别的”因素，爬起来更加费力，也更加令人无可奈何。有时候我也会想，自己费劲巴拉地出趟国到底意义有多大？我会经常回想自己走过的这条路，会等不及，也会焦躁不安。我会想：自己是不是选错了路？学到的那些东西到底用不用得上？自己的抱负又会不会有人赏识？

这种悲观情绪有的时候很强烈，我是个比较感性的人，也是个比较执着的人。金牛座嘛，爱钻牛角尖儿。有时候钻进去了，就容易否定自己曾经做出的一些判断。在美国的求学经历让我看到了一个很不一样的世界，我本来就是个充满好奇心，又喜欢冒险的人，所以梦想就在我的心底扎了根。而悲观情绪蔓延的时候，我就会开始不自觉地去质疑自己的梦想。记得那会儿，我总喜欢问不同的人：“你说我能实现自己的理想吗？我能行吗？”尽管长辈们总是笑着对我说：“当然能啊！一定能！”可对我来说，这些“鼓励和肯定”似乎还是不够。当我又用同样的话去问一位老师时，他说：“也许现在看，你不是跑得最快的那个，但是这并不代表你是最后失败的那个。电视行业最后竞争的是什么？短期来看，或许有些结果会不尽如人意，现实这个东西的确残酷。但是从长远的角度来看，我觉得最后真正拼的就是两个字——‘文化’！谁更有底蕴，谁更有开阔的视野，谁更能推陈出新，谁就能前行。有心人终会等来时机，虽然这个时机可能很短暂也可能看起来很渺茫，但却足以让他们脱颖而出。你在国外这么多年所学到的不正是这两个字的可贵吗？踏踏实实地去做，别因为周围的环境影响了自己，谁能笑到最后只有跨过终点线的人才能看到。”

现在想来，老师的这番话其实也并不是那么“惊天地泣鬼神”，但在那个时候却起到了一颗定心丸的作用。其实我知道老师的初衷是想安慰我，是看我太着急了，很想让我静下心来。是啊，我所拥有的“可能性”就是这些年出国所带给我的宝贵财富。这个可能性也许最终并不能实现，但是拥有它却比什么都珍贵，因为这种可能性让你成为了一个可以去做选择的人。选择自己想要当一个什么样的电视人，又能成为一个什么样的电视人。我想表达自己的想法，想告诉别人我自己的价值观；我想影响更多的人，想带给他们正能量和有价值的东西。所以究竟我为什么出国？答案很简单：因为我想迈出在我看来正确且有力量的第一步，然后一直走下去，留下一些不会因为时间流逝而消磨殆尽的东西。

题外话：现在走在大街上，看着穿着校服，结伴同行的学生们，看着身边比自己小的后辈们，我特别愿意就这样看着他们，有时候还会突然迸出一些断断续续的感叹词。我终于明白了大人嘴里那句“年轻真好”的意思。我现在时常会很“羡慕”这些比我年轻的孩子，因为他们身上有着很多我已经不再拥有的“可能性”，那大把的“可能性”。如今的我已经选择了一条路，在这条路上，“可能性”已经开始变得越来越小，一旦出现了失败，有可能是不可逆的，因为这次失败过后已经没有多少重新来过的时间和机会留给我了。我在这条路上已经能够看到一个淡淡的影子。走得好是什么样子，走得不好又是什么样子，所以我的“可能性”已经变得越来越小了。然而在那些孩子的面前，却还有很多很多个“可能性”供他们选择，他们的世界还可以重新塑造，这是多么令人兴奋的一件事。所以我想对那些还没长大的孩子说，如果你读到了这里，希望你能够思考一个问题：你想要怎样的“可能性”？一定不要错过最美好的年华，你能成为一个什么样的人完全掌控在你自己的手中，这是我们以及比我们更年长的人已经“望尘莫及”也无法想象的事了。如果你已经到了我这样的年纪，尽管我们互相并不熟知，但也可以一起努力，为自己还能抓住的“可能性”而努力，不要让自己一下子看到自己那条路的尽头，还有很多很多值得你挖掘的事情在这条路上等着你。创造是我们能够利用的，去挖掘新的“可能性”的，最好的武器。

DIY 申请学校，你需要做什么？

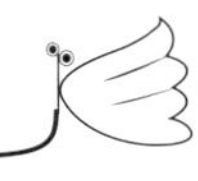

下定决心去做某件事的心路历程是最煎熬的。不过，自从得知有“国际班”，我觉得有些人是找到福音了。这就好像跟着熟悉路的人去某个地方，有人带着往前走，你跟在后面自己别瞎跑就行。再加上现在留学中介做得这么成熟，大部分学生稍一“求助”，一条龙服务就来了。不过，我自己可是个反中介派，这可能跟当时的环境和自己的经历有关。如果在这个中介基本都能包办的时代，你还想从头到尾自己搞定，那接下来我要讲的事情可能对你就有些帮助了。

我申请学校那会儿，是 2008 至 2009 年（当然这没算上之前准备考试的时间），可没有我刚刚提到的“国际班”。至少在我的家乡天津、在我所知道的范围内没有。因为已经决定要走出国上大学这条路，所以当时我在国内只要通过会考、拿到高中毕业证就可以了。那个时候，在我们学校，考 SAT* 出国上本科还算是一件稀罕事，大家普遍了解的是托福考试。我当时为什么选择考 SAT 呢？仔细回忆，可能是我想考的密苏里大学新闻系竞争本来就比较激烈，有 SAT 成绩的国际学生会好争取一点儿吧。而且我们学校（其实很多学校都是这样）在给予荣誉学生（honor student）资格的时候是要看 SAT 或 ACT 成绩的。什么是荣誉学生呢？荣誉学生会比普通学生多一些个性化、相对专属、挑战更大的课程，就跟上小课似的。当然，毕业的时候如果你还保有荣誉学生资格，那么你也会有专门的荣誉学生毕业证书。其实那个证书拿回国也没什么用，就是个荣誉吧。不过事实证明，当初我想要成为荣誉学生这个想法真的很好，因为在上那些“小课”的过程中，我收获颇多，认识了很多影响我人生的老师，还突破了自我，发现了自己的无数可能。

最后，我想说，从你选择自己申请学校的那一刻开始，你已经走上了让自己更加独立、向成熟蜕变的康庄大道。作为出国留学的起点，我觉得是极好的。

---

*SAT，由美国大学委员会主办的一场考试，和 ACT 都被称为美国“高考”。

备考 SAT +申请：时间规划很重要

有些人觉得高中三年有足够的时间，不用那么着急做准备。其实不然。如果想准备得充分，游刃有余，那么上了高一就应该开始筹划了。

我考 SAT 的时候很幸运，第一次考试的分数就达到了我们学校新闻系的分数线。那个时候，SAT 分为阅读、数学和写作，各八百分，总分两千四百分。不过很多学校写作只是参考，我们学校也是如此（请注意，这些年 SAT 考试经历过新的调整和改革，有关考试内容以及录取资格相关信息请以最新版本为准）。我申请的那一年，数学和阅读加起来考了 1400 分，就我们学校的门槛来说是完全达标的。再加上我的个人经历、申请材料似乎都比较对我们系的胃口，所以我很快便拿到了录取通知书（不过在这个过程中，还有插曲，待我稍后细说）。也有一批学生虽然拿到了我们学校的录取通知书，但由于没有满足新闻系直录的某些要求，而被分在新闻系预科里。如果是以新闻系预科生进入我们学校的，那么通常等到上过两年的课程后，才可根据新闻系里的要求和规定进行“转正”，达到要求的，便能正式成为我们系的学生，完成剩下的学业。

说到这里，我可以细说我申请过程中的这个插曲了。我给我们学校寄送成绩的时候是把我考过的 SAT 成绩和托福成绩（我当时准备主要依赖 SAT 成绩）一起寄出的，当时我觉得自己直接被新闻系录取应该是没什么问题的。但

不久后我接到邮件说，我是“有条件”被录取的，还需要达到学校的一些要求才可以拿到正式录取通知书。另外，根据当时邮件上所写，我就是达到了学校的“条件”，学校也准备只是让我以新闻系预科生的身份进入学校！但我明明看到学校新闻系的官网上有一行小字，上面写道：SAT阅读和数学成绩总和足够高的学生可以被系里考虑直接录取。我们学校当时对于这“足够高”的要求是在1280分左右（当时这两项的满分是1600分），而我考了1400分，算是“足够高”了吧，不给我直录，这录取的含金量一下子就下来了，这我可不干！于是我赶紧给我申请的负责老师发了邮件，询问自己为什么不能被新闻系直接录取。等老师回复以后我才发现问题所在，原来我们学校压根就没有看到我的SAT成绩。大概是申请的学生太多，学校接收的时候出了差错。于是我又“不厌其烦”地把寄送日期、寄送凭证一并复制在邮件中，给老师发了过去，以便她查阅寻找。经历了多轮回合后，我终于等到了胜利的消息。经核对，系方认定我SAT成绩符合要求，其他个人条件也没有问题，于是学校又让我成为了新闻学院新闻系的直录生。虽然这个过程并没有花费太长时间，但就像坐了一次过山车一样。

真没想到最后事情能进行得如此顺利，我觉得从某种程度上说，它直接改变了我接下来的人生，意义之重大，现在想来真是为当时的自己捏了一把汗。不过，这也让我

取经小贴士一：

关于时间分配和 SAT 考试

①

我把高中三年的时间做了如下规划。高一就开始准备，高二争取把考试全部拿下，高三专心申请学校。时间分配得好，递交申请的时间够早，学校又“配合”的话，你在高三上半学期结束的时候，就有可能完成接收录取通知书、选定学校的工作了。我是在 2008 年的 12 月份拿到了密苏里大学新闻系的录取通知书，之后一直到出国，我度过了一段既轻松又愉快的“大假期”。

②

题海战术虽然不是精明的做法，但是比较适用于 SAT 考试，毕竟考试长达好几个小时。最大限度地适应各种题目，学会抗压，合理调配时间，对考生迅速进入状态都是有好处的。

明白：美好的结果不是光靠“坐以待毙”、被动接受就能拥有的。当你对结果不太满意时，就应该主动出击，在没有最后拍板儿之前，看看自己还能做些什么。有的时候你会发现，很多不够理想的结果都是有转圜余地的。

好，插曲说完了，让我们继续回到主要内容上来。大家应该都认可SAT的内容要比托福难很多，所以用一年时间进行充分准备还是很有必要的。很多学生选择考多次SAT，如果你也是这样，就更要把握好时间，趁早别趁晚！成绩下来以后还要选学校、准备各种材料、寄送、写PS*、填写申请表、预约签证，等等。这些事情还是很耗时的，所以一定要安排好高中的时间，做好合理规划。当然若是选择把这事儿交给中介来办，那自然是要轻松很多。

顺便提一下，我除了SAT I还考了SAT II，就是科目考试，比如物理、化学、历史什么的。这个考试要根据不同学校和你报考专业的要求来定，一般来说非常好的学校或者专业性很强的系都比较注重SAT II的考试成绩，所以一定要充分重视它。

早点儿选好目标学校

别输在起跑线上。这句话很适用于申请学校这件事上。如果能成为自己目标学校的第一批申请学生，做个早起的

---

*PS，是Personal Statement的简写，是申请很多西方国家的大学时，申请人写的一篇关于自我的漫谈体文章，中文通常称作个人陈述。

小鸟，结果可能很不一样，你也许就能比别人更早地拿到录取通知书。况且很多美国学校并不是等到集齐所有申请学生的资料之后才开始筛选的，所以早点儿报上去，就能早点儿给人家留下一个“先入为主”的印象，竞争者也会相对少一些，录取名额也会相对充裕一些，被录取的概率也许就会大一些，何乐而不为呢。我当时就是在申请周期刚开始没多久，就把所有材料都报上去了。不过也有很多学校，录取通知书会给得比较晚。在这种情况下，早早交上申请材料，给“最后做决定”留出更加充足的时间就显得更为重要。越早开始申请，越早拿到通知书，心里越有底，到最后关头越有做决定的余地，无非就是选哪所学校的问题，而不是没得选。

除了时间因素，很多人还会为到底申请几所学校而发愁。我那会儿申请学校的时候，不少人都选择以量取胜，以为越多越好，越多越保险，其实不然。这又不是数量越多中奖概率就越大的事情。我当时申请了七所（其实已经够多的了），其中五所给了录取通知书，我觉得中签率还算挺高，对这个结果也挺满意。我那个时候听到过一些失败的申请案例，差不多就是一个人申请了十几所学校，却全被拒了，申请者很不理解地问：“究竟这是为什么？”其实原因显而易见。你申请那么多学校，可你真的对它们都很了解吗？你有那么多时间做深入研究吗？最后给人的感觉就好像是，总有个学校会录取我，我总能选到一所学

取经小贴士二：

关于选学校那点事儿

选学校不要重数量而要在乎质量，要专攻，不要杂乱，详细调查、深思熟虑之后再做决定。选择一两所自己最中意的，一两所自己还算满意的以及一两所保底也能接受的就已经很完美了。不要在一大堆学校里左顾右盼，也不要过分要求学校整体排名的高低。

有问题一定多和校方的负责老师联系沟通，发邮件打电话都可以，尽管你们相隔甚远，但在这个网络发达的信息时代，什么距离都不叫距离，什么事情都好商量。不要嫌麻烦！根据我的经验，外国人检查自己邮件的频率会远超乎你的想象，动动手指，有用信息随时可得。

校吧。但对于那些学校来讲，你在这个过程中已经变成了一个可录可不录的学生，人家也就没必要选择你了。当然，我觉得这样的例子可能越来越少了，毕竟现在中介、“国际班”逐渐成了“标配”，很难想象在这些助力的保驾护航下还会出现一个学校都申请不到的情况。

在选择申请哪些学校之前，你心里肯定已经装着一两所特别想去的学校了。如果连这个都没想好，那你就真的很危险了。能够进入自己最向往的学校固然是最好的结局，但是众所周知，美国大学录取学生的标准可谓毫无规律可循。不一定成绩更好的学生就有更大的优势，有时候一个PS的细节，一个课外活动的亮点，一封意想不到的推荐信都能成为你打开美国知名大学校门的钥匙，所以每个环节你都马虎不得。

我觉得本科学校的选择，氛围是很重要的，基础打好非常关键。在我眼里，专业的排名要比这所学校整体排名更重要。如果这个学校整体排名很靠前，但是你要进入的专业口碑却很一般，那么你还是应该再考虑考虑，不要追求“华而不实”。尤其在现在这个年代，名校毕业早已不是什么值得拿出来大说特说的事儿了，这样的海归一抓一大把。

在 PS 上做足文章

我必须特别强调，你的 PS 非常重要。无论你成绩好坏，PS 永远是你申请美国大学躲不开的一道坎儿。我在密苏里大学上学期间，当了两年多的写作家教（writing tutor），定时定点在我们学校的指定公共区域“接待”各类学生。虽然我不知道别的学校是怎么操作的，但是我确实很喜欢我们学校设立的这套课外辅导体系。这样做不但活用了本校的学生资源，也给那些成绩不错的在校生提供了一份很踏实的兼职，同时还能帮助学习稍差的学生提高课业成绩，是个绝对双赢的事。每个“辅导老师”都会有一张时间表，有需要的学生只需提前预约即可进行一对一辅导。学生也可以选择 walk-in（没有经过预约而来）的形式，找有空闲的老师辅导课业，简单又方便。和其他的科目不太一样，写作是个随兴而又没有固定标准的事儿。只要有“新入行”的写作家教，负责老师都会在他们上岗之前进行专门培训，让新人们能够为有诉求的学生提供有针对性的服务。因为很少有亚洲学生当写作家教，所以在我任职的那段时间里，有诉求的亚洲学生好像一下子多了起来，而且基本上都是来找我，我猜想这主要是因为他们觉得终于有一个人能够理解他们的思维模式了吧。在找我辅导的学生中，很多都是拿着 PS 来求助的。说实话，亚洲学生写的 PS 真的没有欧美学生写得好。没什么特色就是这些 PS 的共同特色。

我在接受上岗培训的时候，培训老师曾明确地告诉我

取经小贴士三：

关于 PS

PS 就是告诉大家你有什么与众不同。用真实生动的故事打动“评审团”，告诉他们你的人生亮点。

在内容上有干货是最重要的，相对的，允许自己在用词造句上存在“瑕疵”。记住，老外知道你是个外国人，他们在这些瑕疵上是很宽容的。不用在用词和造句上过于追求完美，除非你能随手写出诗歌来。

在形式和文章框架上下点儿功夫。申请人众多，说不定评审团老师刚读了个开头就把你的 PS 随手丢一边了，就和高考批作文似的。

写好以后大声读几遍，多做几遍修改，多听听别人的意见，有些低级错误不要等递交之后才发现。在修改的过程中，问问自己，这样的文章，这些装在里面的故事能否打动自己？连自己都看不下去的文章谁还会想看呢？

最后，你的PS一定要在篇幅上做好配比。什么地方是突出的，什么地方是一笔带过的，要设计好。如果某一个故事很精彩，那么即使满满一张纸写的全是它也不要紧，只要它和你申请的专业有关联，只要它足够抓人眼球。

们：一份好的PS，最重要的就是tell people how you are different from others（告诉大家你与其他人有什么不同）。无论你的造句用词是否完美，只要你能清楚地表达出这一点，你的PS就是好的。在写PS之前，一定要先思考一下，你想写些什么，想突出自己的哪方面优势，想用什么故事来打动人，结构如何有新意。这和我们上学时写作文没什么区别，得先构思，再下笔。在写的过程中，时刻问自己一句话，我用的这些词儿，这些故事是不是只属于我自己，是不是搬到别人身上也成立？如果成立，那它就不是一个好故事。

想要做到和别人的PS不一样，最快捷简单的方法就是回忆自己人生中最难忘、最特别的故事，并形成叙述性的文字讲给别人听。故事永远是最能打动人的。有了好的素材，再找一个最佳的包装形式，小说体、日记体或用小标题，如果能写出诗歌更厉害。我最不喜欢的PS形式就是一个段落接着一个段落，长篇大论一直写到结束。这太考验读者的耐心了，除了真的好长，感觉不出来别的。

讲故事对于很多亚洲学生来说不太容易。我总能看到他们写：我善于表达、沟通能力较强；我在学习中善于总结，自律能力较强，等等，夸得很直接，但套谁身上都能用。其实外国人最“看不懂”这种表达了，而这些句子也毫无说服力。他们更喜欢听你讲讲，你参加过的一场最惊心动魄的比赛，你做过的一件最疯狂、最了不起的事情，又或者只是你在看过某场电影后天马行空的观后感、你目睹了某件事情后内心激荡出的一番人生感悟，很多故事，每个人都有，每个人都不一样，能让人留下印象的就是好的。

当然有个很重要的提醒，那就是你写的 PS 一定得和你要申请的专业有所关联，可别写着写着真成小说了。再者，根据你申请的专业，你的 PS 一定要展现出你和你所选专业的契合点到底在哪里。一定要让对方觉得你选择这个专业真是选对了。

最后，根据申请学校的不同，你的 PS 一定要有所不同。我就有一个朋友，申请了很多个学校都用一篇 PS，结果等来的全是眼泪。每个学校都有自己的风格以及侧重的领域。上上人家官网，看看人家最近有什么大新闻，有什么你能拿来说的。如果这个学校明明注重的是“写作实力”，你却偏要讲自己“阅读能力”有多厉害，那人家一定也会在称赞你的同时觉得你选错了学校。

在推荐信上花心思

千万不可小瞧推荐信的作用。如果能找到并且说动一两位“名人”帮你撰写，说不定会成为一块不错的敲门砖。这个“名人”在我看来可以简单分为两类，一类是真正的名人，甚至是明星。他们的知名度足够高，影响力足够大，他们能够提笔为你写这封推荐信就已经为你加分了。另一类就是有足够说服力的人。这样的人一定和你的成长有着极其紧密的关系，是有分量的人，是能够用文字说服别人去相信你的人。这样的人虽然在知名度上不一定有前者那么高，但他一定是你成长轨迹中某个阶段最好的见证者。我申请的时候，联系了过去我在美国当交换生时所就读的当地高中校长，拜托他亲笔为我写了一封推荐信。应该说他的那封推荐信是非常有意义的。记得那会儿我即将结束在美国的交流生活，学年的期末考试已经基本结束，在就要告别这段特别的人生经历之前，我“计划”了一次与校长的“会面”。我想要给这份记忆留下点儿什么。在朋友的帮助下，我手绘了一本天津文化图册，里面的照片都是我在出国前拍摄的家乡风貌。为了能够装订成册，我还在每页纸边上打好孔，笨拙地用红色毛线把它们串在一起，虽然整体看起来有些粗糙，但却十分有风格。除了文化图册外，我还为了这次交流提前准备了一份独具家乡特色的礼物，那就是出自泥人张世家的泥塑作品。我带着这两份用心的礼物预约了与校长的会面。很显然，校长对我带去的礼物很是感兴趣。泥塑作品的主人公是关公，于是我给他解释了一下关公是谁，天津的泥塑文化又有什么样的特别之处。我能感觉得出来，校长听得很是入神，还对我说：一定会给关公找一个“好”地方，让大家都能观赏到这个作品。我想，现在这个泥塑还摆在学校的某个“角落”，证明着我曾经的存在吧。

在写这个段落的时候，我登录了自己的邮箱，试图找到很多年前我与校长在探讨写推荐信这件事情上的往来邮件。没想到真的都还保存在记录里！看着我与校长那时候的对话内容，我发现就我申请学校这件事上，我们聊得还真是不亦乐乎。校长在写好推荐信之后还特意发给了我，从信上看，是在 2008 年 9 月 19 日完成的。时隔十年再去仔细读，我对于校长的用心仍然心存感激。

他提到，为了给我写这封推荐信，在一场足球比赛上（应该是和学校友人一起的足球赛），他跑去问我的语言课程老师，我之前在学校的表现究竟怎么样。那位老师说我应该算得上她学生中排名前 5%的孩子，这给了校长很大的信心（看到这里，我真是谢谢那位老师啊，虽然已经不记得是谁了，但是谢谢她的夸奖）。

我看到最后的时候真是笑出声来了。校长提到录取我真的是很正确的选择，因为与中国加深文化交流的重要性是那么显而易见！而我也很适合做这样的“大使”！这封信是 2008 年写的，如今全世界人民都把中美关系看得如此之重要，认为它能够影响全球发展，而我的这位校长在这么多年前就有着这样的“觉悟”了，真是厉害了，我的校长！

说了那么多，真的很感谢校长的这封不失趣味，又很有内容的推荐信。直到现在我都相信，校长用心为我写的这封推荐信一定为我打开美国大学校门起到了很大的作用。

最后，我还要特别提醒一点，那就是千万不要找人代写，或者干脆自己写一封，让对方签个字完事儿。这种做法不

September 19, 2008

To Whom It May Concern:

I am the former principal of I.H. Kempner High School, the school Mengti Xu attended as a foreign exchange student during the 2006-07 school year. In my nine years as principal at Kempner, I experienced many foreign exchange students, as you might imagine. You always hope that their American experience is one that will benefit them and in return somehow enhance our country's image abroad. Clearly, Mengti has already done more in this regard than any other foreign exchange student with whom I've been associated and she hopes to do even more once she returns to the states as a college student.

Many foreign exchange students come to high school carrying a low profile. While they are brave enough to embark on such a cultural adventure as going to school in a foreign country, it takes some time for them to become acclimated enough to become more assertive. So it was with Mengti, at least from my perspective. I barely knew Mengti was here until she was about to leave. However, toward the end of the year when she came to my office to visit with me and tell me how much she had gained from her experience, I knew that here was a real success story for the foreign exchange program.

Yet it did not end there as it generally does with foreign exchange students. True to her word, she wrote a book about her experiences here and had it published in Chinese. She sent me a copy last year and while I cannot read a word of it, the pictures tell the story and I know that it is a positive one.

When Mengti asked me to write a letter of recommendation for her, I was pleased to do so even though I retired this past spring. I ran into her former ESL teacher at a football game recently and she told me that she would rate Mengti in the top 5% of all her students. In terms of the apparent residual effects of having been a foreign exchange student, I would rate Mengti as the very best without any reservation at all!

Mengti will continue to yield dividends for whatever college is fortunate enough to gain her as a student. The importance of enhancing our cultural relationship with China is obvious and I see Mengti as the kind of ambassador that colleges should be clamoring for! If I can be or any assistance, I can be reached at 281-482-0776 by phone or at 1401 Greenbriar, Friendswood, TX 77546.

Sincerely,

James C. May, Ed. D.

推荐信原稿

但是对别人的不负责，更是对自己的不负责，这样的推荐信在别人眼中一文不值。

拥有一颗永不气馁的心

最后，一定要有一颗坚定且永不气馁的心。PS、申请表可能需要改好几遍才行，推荐信可能也要和写信的人协调很多次才能成就一封“佳作”。除了以上所说的工作，开高中学业成绩单，精心计算各种花费，做一个时间表为自己的每一步留出合理充裕的时间，不辞辛苦、乐此不疲地和自己所申请学校的负责老师来来回回地沟通，等等。你得成为十项全能选手才行。所以我也很理解为什么中介要在留学申请的打包服务上收取高额的费用，因为人力、脑力的消耗真的很大，而且还是个拉锯战。不过我却很庆幸自己“包办”了一切，我从中得到了很多不同的体验，细细品味下来，在我拿到录取通知书的那一刻，我真的获得了一种成就感。虽然过程有些“痛苦”，但是现在看来，当时的磨炼真是非常宝贵的。即使我不是完美的，却向别人展现了最真诚的自己。我想我申请的那些学校一定感受到了这点。

请相信自己能够做好，并且真的花费精力和时间去做这件事。为自己上心是一件很美好的事情，会给你带来最好的结果。

初进校园篇

体验很多“第一次”

第一次走进我的大学校园，六根残骸石柱惊呆了我

2009 年 8 月 14 日，我再次站在了美国的土地上。相比起三年前，自己带着一份懵懂和无知，孤独和迷茫，以一名交流生身份来到这人生地不熟的地方“摸爬滚打”，这次的“归来”显然多了一份很强的自信。好像回到了一个久违的老地方，回到了一个熟悉的环境，然后去开启一段新的生活。

在扣题之前，我先讲讲别的。我所上的这所大学第一年都是要住宿舍的，所以我也搬进了其中并不大的一间。我的室友是个可爱的美国妹子，很爱运动，人也很善良。其实我要特别感谢她，因为在与她同住的日子里，每当我需要写作的时候，她总是会在我交作业之前，从头到尾给我顺一遍，检查里面是否有大的语法错误和用词不当的地方，逻辑是否顺畅，举例引用是否合理。在大学的四年当中，我绝大部分的英语写作都取得了比较高的分数，而这要归功于我这位室友在入学初期时对我的耐心指导和体贴帮助。

她每次帮我检查的时候都很细致，很认真。直到现在我都还清楚地记得，很多个夜晚，我坐在自己的书桌旁，她从她的书桌顶上将放在那里的橡皮糖罐子抱下来，打开盖子，一边吃一边站在我旁边，就那样一行行看着我的文章。她总是和我分享她的糖果，一根根扭在一起的红色橡皮糖是她的最爱。那个糖果吃起来也不是有多么特别的味道，但是我却总觉得很美味，即使现在去超市也会偶尔找一找类似的糖果，买回家慢慢吃。有时候在时间很紧张的情况下，我的作业完成得很晚，而室友已经躺在床上休息了。但令我吃惊的是，她总是会在最后爬起来，睡眼蒙眬地走到我身边，有时还会拿起她的糖果罐子，好像那个时刻吃两根糖果就能有喝咖啡的效果似的，然后认真地给我检查作文，时不时地还会把罐子递给我说道："要不要来一根？""帮助我"好像已经成为了她的一项"使命"，因为她知道我第二天要交作业，所以她会设置闹钟或者当我轻轻呼唤她的时候，她一下子就醒了。对于这一点，我一直深怀感激。那开着灯的寝室、红色的橡皮糖、硕大的糖罐子和站在我身边、爱穿运动短裤和夹脚拖鞋的美国女孩，已经变成了一个定格的场景，深刻地印在了我的脑海中。

一般来讲，在大学第一年第一学期开学之前都会有针对新生开展的入学指导活动（Orientation）。如果是国际学生的话，内容主要包括注射疫苗的检查、分组对学校进行整体参观、英语水平测试及数学考试、与你的大学指导老师（Advisor）第一次见面、熟悉学校的选课制度和毕业学分要求等。除了以上这些，当然还会有各种迎接新生的活动以及关于住宿及生活起居的简单介绍。

入学指导活动的目的很简单，就是让学生尽快地适应校园生活，并且结交新朋友。这其中令我记忆比较深的有两件事。第一件事就是在入校第一天认识了至今都是我好闺密的韦佳同学。她是我入学指导活动小组里的成员，马来西亚华人，算是我第一个在大学里正经搭上话的人。其实我们不是一个系的，住得也不近。但是在参观校园的短短时间里，也不知怎的我们就变得很聊得来。参观结束后，我们非但没有就此断了联系，反而通过彼此留下的联系方式建立起了一段可能我们自己都未曾想过的深厚友谊。在我接下来的校园生活中，到处都可以看到韦佳的身影——一起逛街、一起度日，一起并排趴在公寓的床上聊天，一起分享彼此的秘密。即使毕业后我们一个在中国，一个在马来西亚，我们的感情也从未因距离而疏远。在我们彼此失意的时候，我们仍然用各种方式支持着对方。我想这种友情就是那种一辈子都不会变也不要变的感情吧。

说完了好闺密，我终于要回归标题了。在初进校园时，令我印象深刻的另一件事情就是我们学校特有的迎接新生的活动 Tiger Walk*。我们大学的吉祥物为“杜鲁门虎”，

*Tiger Walk，密苏里大学迎接新生的一项特别活动。

学校吉祥物（©2018 密苏里大学董事会 版权所有）

得名于密苏里州出身的美国前总统哈里·S. 杜鲁门。而我们也因此被亲切地称为学校的老虎们。值得一提的是，这个吉祥物曾多次被评为全美最佳吉祥物，最近一次获得此称号好像是在 2014 年。

我们学校主行政楼前面有一片很大的绿色草坪，名叫佛郎西斯广场。广场上有六根残骸石柱，是我们学校最具特色的一个地标性区域，看起来非常气派。每年的 Tiger Walk 就是在这个区域里举行的。第一次看到那六根石柱时，我的内心竟有种莫名的澎湃，仿佛那六根“高耸入云”的柱子一下子就将我带回了过去的校园里，给我讲述了一段不可思议的学校往事，何其壮观，何其震撼。

1892 年 1 月 9 日，当时的学校主行政楼发生大火灾，而那六根残骸柱子就是当时烧剩下的一部分，而这一部分也最终成为了见证学校发展的一双眼睛。大火后，一些密苏里州的居民曾想将密苏里大学迁往别处，但是学校所在地，哥伦比亚城市的居民却坚决反对，这才让学校得以继续保留在这座城市中。如今，大火已经过去了一百多年，这段历史也不再经常被人提及或是议论了。但是毋庸置疑的是，这里始终都是学校最吸引人的一个地方。不再问历史，不回首过去。现在，学生们只是喜欢在白天爬到这六根柱子上面拍照、打闹、小憩一下、坐着聊天，而到了晚上，则会有不少情侣在这个地方约会谈心，好不快活。

“扒”了不少这所学校的历史，其实只是冰山一角而已。要说起更有趣的故事，那还得提我就读的新闻学院。这所学院不但充满着各种名人逸事，而且还与中国有着很深的渊源。不过我暂且在这里卖个关子，到后面再讲给大家听。让我们先回到 Tiger Walk 上来吧。开学前，所有大一新生都要在特定的一天在佛郎西斯广场一侧集合，从接近行政楼的一端开始，一起穿过六根石柱，走向或是跑向另一侧的尽头。其实，学校想要借由这种方式表达什么是很显而易见的。穿过石柱，每一位新生将在那一刻真正成为一名名副其实的 Mizzou* 人 。跨过历史，每一位新生都将把这所学校当成自己新的起点，在接下来的大学生活中努力迈向人生中的另一个重要阶段。我们的校色是黑色和金色，

---

*Mizzou，密苏里大学简称，也是大家对大学的一种昵称。

密苏里大学特色冰激凌（由罗布·希尔于 2016 年拍摄）

所以在举行仪式时，大家都身穿这两个颜色的衣服聚集在广场上，而那浩浩荡荡“游行”般穿过六根石柱的场景，无论看多少次，都仍然十分震撼。仪式结束后，呈现在学生们面前的还会有学校著名的特色冰激凌，那由校色组成的冰激凌，既好看又好吃，直到现在都让我难以忘怀，希望下次回到母校的时候可以再品尝一次。

六根石柱下的 Tiger Walk 盛况
（©2018 密苏里大学董事会 版权所有）

六根石柱下的 Tiger Walk 盛况
（由尼克·班纳、罗布·希尔、坦齐·普罗普斯特于 2015 年拍摄）

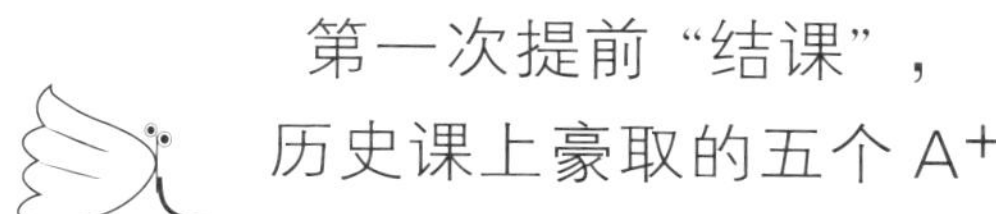

第一次提前“结课”，历史课上豪取的五个A⁺

我其实是一个挺“有野心”的孩子，做什么事情总是想不落人后。这种性格当然有好的一面，但也容易把自己“逼上绝路”，我大一第一学期在美国历史课上的经历就是一个例子。

美国的教育和中国的教育模式可以说是正好颠倒的。中国是小学到高中管得较严较死，那些高中生从高考这个一局定生死的残酷游戏中成功“活下来”后，不少人会不假思索地选择进入一个及格就万岁、不挂科就是辉煌的大学时代。因为对于他们来说，他们的高中时期，特别是高三那一年过得实在是太“地狱”，太辛苦，也太痛苦了。我问过不少高考后进入大学的学生，他们在经历过高考的试练后，身心俱疲，而大学就成为了他们喘气回血的“天堂”。而美国的教育方式则是反着来的。那里的小学到高中奉行“自由烂漫式”教育，以营造轻松愉快的氛围以及开发孩子们的创造性为前提，注重学生们的动脑能力、想象能力和实践能力。高考也是可以多次参加，且分数的录取评估标准也十分多样化，避免了一次定乾坤的局面。然而到了大学之后，真正的“苦日子”就来了，当然前提是你想以优异成绩毕业。你要上知天文下知地理，而老师挂科的评判标准完全是“具体科目具体分析”。同时，几乎每堂课的作业都挺多，小组课题一箩筐，文章永远写不完。每到考试阶段，点灯熬油至深夜的学生大有人在，而毕业压力伴随着打工实习以及其他各种社会活动密度、强度的不断增加，让你应接不暇。一个学期如果学分修得多，你就得做好过苦难日子的准备。还有不少人为了更快地完成学分，提早毕业就选择上暑期课程，整个暑假都得泡在学校里。当然，并不是说在中国上大学的学生就轻松得不得了。我知道很多中国大学生也为了能得到优异的成绩，打造一份金光闪闪的履历而在大学生涯中废寝忘食。同样，如果你想在国外的大学混日子也不是很难。只是综合比较后，我觉得美国的大学对学生的磨炼确实是更多的。

要知道，想在美国大学本科以全 A 成绩，也就是平均学分绩点 4.0，即 GPA4.0（还有其他计算方法）毕业是件相当不容易的事，甚至可以说是一项不太可能完成的任务。而我读的新闻系中的广播电视这个专业方向又是出了名地“难对付”，可能在整个学院历史上全 A 毕业的学生都没几个。我刚入学时还不太了解具体情况，曾做着获得全 A 毕业的白日梦。而有这个梦与大一上过的一堂美国历史课有关。正是因为这堂课，让我有了与其他人竞争，成为佼佼者的想法。

一进学校我就被选上成为了学校的荣誉学生。而让我对这种头衔有了切身体会的就是这堂美国历史课。本来大部分国际学生都不会在第一学期选择这门课，因为它对于美国本土学生来说都很难，词汇量大，写的东西多，学得也广，对于英语还不是非常好，对当地文化也不是很了解的外国学生来说绝对不是一个好的选择，成绩很容易很差。可由于我参加了荣誉学生小组，第一学期被硬性规定了要上这门课，所以只有硬着头皮上了。

授课老师是历史系著名的教授约翰·布林（John Bullion）。他是个很可爱的老先生，1966 年就从斯坦福大学本科毕业了，且家庭背景十分了得。他曾经撰写过一本书，专门讲述了他家与美国前总统林登·约翰逊（Lyndon B. Johnson）的交情。

因为是荣誉学生的特别课程，除了平时的大课，每周我们还有专属的小课，而且每堂小课都是由教授亲自上的。我们的作业也和普通班的学生完全不同，没有考试，没有测验，就是六篇七八页的小论文。除了平时上课用的历史教材，教授还为每一篇论文准备了一本对应的读物。我们在写论文时，要把教材和读物里的内容相结合，围绕不同的论题展开陈述和议论。教授在第一节小课上就用调侃的语气向我们发下了“战书”：“如果谁能连续五篇文章都

拿到 A^+，必须是 A^+（他强调了一下），我就让谁提前完成课时，免写第六篇文章，拿着 A^+ 提早回家！”

我从没想过自己能完成这个看似不可能的壮举，因为我觉得这也太难了。不是 A 而是 A^+，虽然在 GPA 上得到的分数是一样的，但 A^+ 很明显就是一个更难戴上的高帽子，连续拿下五个实在有点儿遥不可及。一开始我琢磨着：我就老老实实、乖乖地写吧，别痴心妄想了。

写每一篇文章的时候我都很累。不仅要多看一本书，还要找论点、找例子、整理思路和逻辑，把重点全部重组，组合成适合自己文章的框架和结构。这需要反复地阅读、划重点、总结和提炼。那段日子我每天都在为写历史作文而点灯熬油、绞尽脑汁，睡眠严重不足。每次截稿日子临近的时候，我都会心跳加速、心情紧张，好像本来没有的心脏病都要突发了似的。

第一篇文章的论题倒是并不难，是讨论西班牙、法国、英国在美国的殖民历史上所扮演的角色和给美国带来的影响。说不难是因为相比后面的一座座“高墙”，这个题目至少我一上来能理解，搭配的读物我也能一遍就读得差不多明白。在构思上，我没有花费太多时间。我可能写得比较有层次，有理有据的，所以从教授那里拿到了 A^+。每次作文成绩下来之后都会得到一次单独点评的机会。我记得当时教授在点评我的作文的时候说，他很期待读我的第二篇文章，他想看看一个非美国本土学生是如何从另外一个视角去看待美国历史的。听完这话，我瞬间“亚历山大”。心想：别对我太期待啊，越是有期待，评分的时候往往就会要求越高，我这不是给自己挖坑嘛……好吧，还是那句话，硬着头皮上吧。

第二个论题是被称为美国大觉醒（The Great Awakening）的宗教复兴运动是如何改变了美国的宗教世界以及宗教领袖、宗教徒和上帝之间的关系的。说起这个题目，真的是我刚刚拿到一个好成绩，就立刻给了我一个下马威。我们的论文是每两周交一次，印象中写这篇论文的时候，我几乎到了想要啃墙的地步，看书的时候恨不得把书撕了。写完文章后我唯一坚定的就是：这辈子我都不想和这复杂的东西扯上一点儿关系！（当然在看了汤姆·汉克斯主演的《达芬奇密码》、《天使与魔鬼》以及《但丁密码》后，我重新又对西方宗教产生了浓厚的兴趣，不过也只停留在兴趣上罢了）但也正是因为这次的论题过于折磨我这个外国人——虽然我认为他们本土学生在写这个题目的时候，日子也不好过吧——我也被“全面开发”出了一项“新技能”，那就是“阅读拆分重组”的能力，这是我最要感谢这门课的地方。

我来解释一下这个能力，或许对于很多头疼写作的学生来说能够有所启发。我上初高中的时候就比较喜欢总结，政治和历史课成绩总是很高。当初文科老师不知道我要出国的时候，看我选了理科班还特意跑来问我：什么情况？

当我告诉他们我是因为出国方便才选理科的时候，他们也只能无可奈何地“原谅”了我。那个时候我的政治书就是一本标准的“宝典”，记得还有同学在考试前借去看一看，抄一抄。因为有很长一段时间，我们的政治考试是开卷进行的，所以在书上做不同程度的总结是每个学生都会提前准备的。在考试的短暂时间里，想要通过翻一本大书来找到考题的答案，其实没有那么简单。这需要把书上的内容进行拆分总结和提炼，与考试有可能出的题目方向进行配对，才能在考试时发挥好的作用，且不会在翻书寻找上浪费过多时间。可以说在初高中阶段，我已经在这方面打了个很好的基础，所以在第二篇历史小论文的写作中，我算是百分之百修炼完成了这项本领。

在看搭配读物的初期，我是真的搞不明白里面讲的东西是什么，整本书看下来简直是要了我的命。为了能够理出框架并找出我想要使用的论点和论据，我不得不把书拆得非常碎进行阅读。先有选择地看，只看读得懂的部分，并对觉得之后可能会用上的部分进行标注和记录，然后把所有记录下来的类似于概要的东西整合在一起，形成目录一样的东西，对整本书到底讲了什么，作者的态度是什么样的，重点方向是什么进行判断，以此来给自己的论文定一个基调，我到底想在文章中聊些什么？确定了这个方向后，我从自己整理的目录概况中将自己认为对理解这个方向有帮助的章节抽出来，按照自己认为应该阅读的顺序把章节重新排序，再根据这个排序进行重新阅读，并在第二次阅读的过程中有选择地去读第一次阅读时不太懂的部分，而那些我认为对我的写作没有帮助的章节，里面我没读懂的部分，我就不会再看第二遍了。这么做一是为我筛下去很多阅读的工作量，二是避免不必要的观点和内容混淆我的判读，在提高我的写作效率上起到了很大作用，让我的论点也变得更有针对性。

第二次阅读后，我对一些起初不太理解的部分有了新的认识，这本读物从某种程度上说变成了一本全新的书籍，是一本由我命名的书籍，只适合我自己去看。我将这本书的逻辑、框架整理成了我最能理解的方式，便于自己记忆和从中挑选出我可用的内容反映在我的论文中。我把这整个过程叫作“读书重塑”。简单来说就是用自己的方法把一本别人写的书变成自己“写”的书，然后进行理解、概括和提炼。虽然这个方法有些辛苦，也很耗时。记得那两周我紧赶慢赶——每天都弄到很晚，无时无刻不在思考如何去写——才勉强赶上了交稿规定的时间。交出去后，我简直是瘫坐在宿舍的椅子上，几乎到了四肢出汗、心跳过速、“口吐白沫”的状态。但这之后的充实感和成就感还是非常强烈的，而且觉得自己真的学到了东西。我怀着一颗极为忐忑的心等待着教授的单独点评。可能是有了足够的付出，我甚至有点期待自己的单独点评能够快点儿到来，我不知从哪里获得了一种自信，觉得这次的评价一定不会低。

现在想想当时的状态有一种“把毕生心血”都用在了写这篇文章上的感觉，用拼命来形容一点儿都不过分。

从一开始的无助、崩溃到后来的“集大成之作”——其实没那么夸张啦，但这个词确实表现了我当时写完之后“傲娇”的心境——写这篇文章的经历可以说是一次犹如获得珍宝般的经历。自从练就了这一套“阅读拆分重组”之技能后，我在后面的阅读和文章写作上都更加有了章法，而且总能写出很有自己视角的东西。老师很喜欢看这样的作文，即使用词、语法仍有一些错误，但是仍能给我带来高分，因为有着自己理解和判断的文章总是会受到老师的青睐。第二次单独点评到来的时候，我很兴奋地去找教授了。我很想印证自己的方法到底有没有效果，也很想快点儿听到“我想听到”的评价。果然，我等来的是教授相比于第一次更为惊讶的表情和更加激动的评语。记得教授说道：看你的这篇文章真的很有趣。因为教授是个保守虔诚的白人宗教徒，所以他对美国宗教的发展已经有了很多固有的概念，好像有些东西是生下来就是那样的感觉，从来没有想过要挑战那些固有想法。而我的这篇文章可能更是一个外来人看门内事的感觉，很多想法是读了书之后才产生的判断，反而让他觉得新鲜而又不同。最后，我又一次漂亮地拿到了 A+。不同于第一次拿到的感觉，这次，我对这个 A+ 有着极大的渴望，所以真正拿到后可谓是幸福感满满。而这个 A+ 的取得也彻底改变了我在这堂课上的目标——我要成为那个拿到五个 A^{+}、率先结课的学生。面对教授的鼓励，我已经不知不觉开始对每一篇文章都异常认真起来。我变得斗志满满，毫不惧怕，通过自己的方法实践每一篇文章，视每一篇文章为一个全新的挑战。

后面的故事就没有那么“跌宕起伏”了，一切都比较平稳顺利。我在这堂课上的第三个论题是关于美国黑人与奴隶制的；第四个论题是关于民主和种族平等的；第五个论题是关于“性”相关话题开始在美国成为“公开”的、“大范围流行”的谈话内容后，所产生的各种现象和带来的影响。

就这样，我“神奇”地拿到了五个 A^{+}！现在回想起来我仍觉得这是个“奇迹”，但又好像是自己已经笃定的结果，不管怎样都是兴奋至极，而班上只有我这个外籍生做到了。直到今天，教授曾经对我说过的话还在我的耳边回响：你是我最得意的学生之一，我从没想过，一个国际学生，还是一位女性，会有这样的成绩，真是让人欣喜若狂。相信你一定会走得更远。也许这里面的部分措辞在有些人听起来会觉得有点儿刺耳，好像是在“贬低”外国学生或是女性，但我要重申一下，老爷子毕竟是个保守虔诚的白人宗教徒，有些固有的观念还是可以理解的。而且当看着他那慈祥的面容时，我觉得自己读到了很多无言的思想活动，我感受到的只有骄傲和幸福。后来他送给了我那本他写的书，并且在每次我们见面时都用一种特殊的方式和我打招呼：哦，我亲爱的朋友（oh my dear friend）。然后伸出有些颤抖的手来与我握手，并把我引进他那间看起来很复古别致的办公室中。这种问候的方式，这种景象让我觉得有些古老但又很亲切，仿佛回到了好几个世纪以前，在一个安静的小房子里，见到了一个交情极深的老朋友。

在我心里，这些大学生涯最初的鼓励和褒奖一直激励着之后的我用最高的要求鞭策自己不断前行，并且相信自己：我一定可以做得很好。

经验之谈

1. 大学第一学期最好不要选择历史课，尤其是美国历史（学霸除外，而我并不是，所以想要被“逼疯”倒是可以学我），不然写作很多，阅读量很大，而且耗时，得不偿失。第一学期的主要任务还是适应生活，选择一些相对容易的课程，比如理科基础课程，带实验的那种，或是心理学之类的，你会过得轻松一点儿。

2. 如果选择了历史课，最好选择世界历史，相对美国历史也容易一些。当然如果你愿意接受挑战也挺好，你的写作水平会有质的飞跃。政治、法律、文学等科目都比较难，阅读量大，词汇多，可以第二学期或者第二学年再挑战。

3. 总结提炼是制胜的关键，对于大量的阅读和写作，我们不是本土学生，第一遍看不懂写不顺是很正常的。记住，好的逻辑是第一位，有理有据是辅助，最后才是辞藻的润色。别太纠结于用词，好的文章一定是层次清晰，道理明确的，别本末倒置。

4. 学校有专门帮助指导学生写作的地方（在之前的章节我已经有所介绍），那里的老师虽然可能主要是学生，但他们都是经过专业训练的。不要害怕暴露你的缺点，觉得没面子。多预约几堂课外辅导，他们会用优质的服务帮助你提高写作能力。

Xu 1

The Great Awakening, which was widespread during the mid-1700s, increased optimism and hope for the Americans. This great movement changed the relationship between local religious leaders and those who listened to them, and also between God and the people.

Before the movements, "Congregational ministers seemed obsessed with dull, scholastic matters; they no longer touched the heart" (Brands 101). The relationship between listeners and ministers was quite distant and rigid because "churches before the Great Awakening highly valued order and propriety. [...] No one spoke out of turn, and seating was organized by social rank" (Kidd 4). The ministers "left men and women with the mistaken impression that sinners might somehow avoid eternal damnation simply by performing good works" (Brands 102). The churches imposed their authorities upon the listeners and emphasized only their own legitimacy. People gradually lost their passions and the whole society faced a spiritual decline. However, it was the evangelical ministers who totally changed the situation. They warmly welcomed "all groups of American society: rich and poor, young and old, rural and urban," and became concerned about the Indians and black slaves. One minister, George Whitfield, said, "'Don't tell me you are a Baptist, an Independent, a Presbyterian, a dissenter, [...] tell me you are a Christian, that is all I want,'" (Brands 102). The itinerant preachers traveled from town to town, colony to colony to encourage the ordinary people to study the Bible in their own ways and do some individualistic practices without depending on those indifferent ministers to lead them. The ministers preached with great religious fervor, talked to the listeners deeply and listened to them with patience. Thus, the people began to be actively involved with the process of preaching, always eager to listen the ministers' sermons, and sought advices from the evangelical ministers. It was the first time that they realized they could have direct access to

Xu 2

God. Moreover, some listeners even became pastors or itinerants, such as Samson Occom and Daniel Rogers, or exhorters who were not ordained ministers but just laypersons.

In the process of the Great Awakening, although some important information of the evangelical ministers' reached the laypersons' minds directly and was comprehended accurately, the listeners changed other information variably.

First, people understood accurately that the evangelical ministers wanted them to become more serious about their religious practices. The ministers emphasized the need for personal conversion. Man needs to communicate with the Holy Spirit to repent of his sins and receive God's grace. Jonathan Edwards led the first revival in a church of Northampton, Massachusetts. In his great work *A Faithful Narrative of the Surprising Work of God*, he described the deaths of two young people: "a very sudden and awful death of a young man in the bloom of his youth; [...] This was followed with another death of a young married woman, who had been considerably exercised in mind about the salvation of her soul before she was ill. [...] she died very full of comfort" (Kidd 32). His unique way of preaching was successful to catch young people's attention, raising their religious enthusiasm and letting them become serious to think and spend their time talking to each other about their beliefs and participating in some communities. During one sermon, a young woman came to him and showed that "God had given her a new heart, [...] Those persons amongst us who used to be farthest from seriousness, and that I most feared would make an ill improvement of it, seemed greatly to be awakened with it; many went to talk with her, [...] a great and earnest concern about the great things of religion and the eternal world became universal in all parts of the town" (Kidd 33). "It was a time of joy in families on the account of salvation's being brought unto them" (Kidd 35). George Whitefield, who was the most important itinerant, is another key religious leader in the history of the Great Awakening. He always organized outdoor assemblies and focused on the new birth of salvation. In his *Journals*, he preached in

美国历史课第二篇
小论文原稿 -1

Boston and Baskinridge where "the Holy Spirit melted many hearts…" (Kidd 49). Whitefield's preaching convinced Nathan Cole, a farmer, that he needed the new birth though it was not an immediate conversion for him, because he required his acceptance of the doctrine of "election". Cole described a great scene of people who were going to listen to Whitefield: "every horse seemed to go with all his might to carry his rider to hear news from heaven for the saving of Souls" (Kidd 61-62). At the beginning, he thought Whitefield's preaching gave him a heart wound, that he would fail to be saved because of the doctrine of Election. However, God finally appeared when he laid on his bed and took a while for thinking. His heart answered God's words and he prayed and praised God and had true mourning for sin. "[N]ow my heart and Soul were willed as full as they Could hold with Joy and sorrow; […] now every thing praised God" (Kidd 64).

Then, there are three major parts about how people heard differently and adapted sermons creatively to suit their own beliefs and lives.

The first part is how people changed some meanings of salvation when they perceived it from the ministers. Accepting the teachings of Calvinism, Edward preached that "[people's] eternal fate had been determined by an omnipotent God, there was nothing they could do to save themselves, and they were totally dependent on the Lord's will" (Brands 102). George Whitefield also addressed the salvation of sinful men and women's reliance on the mercy of an all-powerful God. However, the laypersons recognized the sermons as signs of invitation for them to seek the salvation. They thought they could be saved if they tried. They constantly asked: "what must we do to be saved?"

Then, this kind of thinking in laypersons' minds sometimes led them react in ways that were always accompanied by extremely emotional excesses and some strange effects on their bodies. Edwards' sermon of "Sinners in the Hands of an Angry God" "fed the spiritual exhilaration churning in the Connecticut River valley, and by the middle of the vivid sermon,

congregants had begun screaming for fear of damnation," (Kidd 12) which made Edwards stop. In *Journals* George Whitefield described an awful scene before his preaching: "on a sudden all the people were in an uproar, and so unaccountably surprised, that some threw themselves out of the windows, others threw themselves out of the gallery, and others trampled upon one another; so that five were actually killed, and others dangerously wounded" (Kidd 48). In the case of Mercy Wheeler, her doctor thought she might always be a cripple, "[b]ut yet, her Faith was strengthened to that Degree, that it didn't seem to her any thing the more difficult for God to heal her, because her State was as it was" (Kidd 76). Mr. Lord discoursed with her and told her "she should have the will of Christ concerning her" (Kidd 77). Later, Mr. Lord left her alone because "he was afraid she would be quite overcome with any more Conversation then" (Kidd 77). After discouragement came over her, "she felt a strange irresistible Motion and Shaking, […] as if she had no Disease upon her, […] and immediately rose up and walked away among the People" (Kidd 78). She cried out for the Lord Jesus. However, Mr. Lord observed "that she was in a Frenzy, and accordingly took hold of her and led her to the Bed, and bid her sit down; yea, even thrust her down" (Kidd 78). In Samuel Blair's narrative, he described one woman's deeply emotional conversion. "After a long struggle, in which her fear of hell temporarily rendered her deaf and blind, she finally broke through to the new birth" (Kidd 79). Because of these extremely radical revivalists, anti-revivalists used similar justification for their violent enthusiasm. Timothy Culter "portrayed the Northampton awakening as religious fanaticism," (Kidd 38) and criticized that the "revival was making children wild and disobedient to their parents and, in the worst cases, causing some people to commit suicide out of hysteria and despair" (Kidd 38). In his letter, he said "[t]hat one Mr Hawley hanged himself at this time, […] and that another cut his Throat upon it" (Kidd 41). Charles Chauncy also revealed his great confusion: "As soon as People are convicted, as the Phrase is, or converted, they become very turbulent, and

美国历史课第二篇
小论文原稿 -2

Xu 5

disorderly" (Kidd 96). In the Testimony and Advice of an Assembly of Pastors, a group of moderate revivalists pointed out "[t]hat the Nature of Conversion does not consist in these passionate Feelings," (Kidd 104) and they also confessed that "in some Places many irregularities and Extravagancies have been permitted to accompany it" (Kidd 105). One can clearly see that many laypersons created some messages for themselves. They repeated words from preachers' sermons in their minds and released emotional excesses. Sometimes some people just followed and imitated frantic behaviors since these behaviors were considered to be certain ways to touch God or necessary approaches for conversion and salvation. They even thought God could help them in any situation they wanted, like physical healing, to fit their lives. Facing these problems, Jonathan Edwards "clearly explain[ed] that the Great Awakening could not be judged by its momentary excesses, [such as an unusual and extraordinary way, any effects on the bodies or imprudence and irregularities in their conduct] but only by its long-term results" (Kidd 89) in his Yale commencement address in 1741. Edwards saw there was value in sincerity of men's emotions, but he was opposed to excessively emotional output. Sometimes laypersons had relied too much on emotions.

Last, one may examine the cause of these misunderstandings. Sometimes, even radical evangelical ministers could carry revivals to extremes, like James Davenport and Gilbert Tennent. In 1743, Davenport called on the crowd to burn copies of well-regarded Christian authors' books and also the works of moderate evangelical leaders. Later, he intended to burn fancy clothes. Although he blamed himself for his conduct and made confession and retractions in 1744, he misled many followers and left an impression of controversy, mental unbalance and misguided zeal. Another typical minister is Gilbert Tennent. Although he delivered a great sermon called "The Danger of an Unconverted Ministry", he always was regarded as a minister who was noisy rather than eloquent. His audiences were often frightened by his unpolished manner and his emphasis on the certainty

Xu 6

of Hell and eternal punishment in his sermons. As a result, he created more disruptions to the community. Although the Great Awakening confronted many issues of race and slavery, many followers were not adequately informed. "[W]hite evangelicals in the North and South worked hard to bring slaves and free blacks in their churches in a way that dominant southern Anglicans had not. [...] [they] often found that white evangelicals took their spiritual experiences seriously" (Kidd 19). George Whitefield saw that African Americans also needed the new birth and "he encouraged masters to teach them about Christianity" (Kidd 112). Although Hugh Bryan's idea of leading the slaves out of captivity was considered to be radical, he dedicated himself to working toward evangelizing the slaves. In a letter to Samuel Davies' English benefactors, he concerned that "how much more zealous and industrious should their Masters be, to whom the care of their souls, as well as their bodies, is committed, [...] And how much more ought the poor Negroes to be concerned for themselves" (Kidd 117). He also described a scene of a poor slave coming to him, talking about his concern for his soul and seeking advice on his Duty to God. The evangelical ministers frequently preached not just to black people but also to a large number of uneducated men and women. Although it is great to see that a black population and many uneducated people from middle or low classes were involved with the revivals, their background, cultures, and lack of education hindered their accurate understanding of the sermons. They always accepted sermons with excessive spiritual impulse, their own imagination and some superficial results. Sometimes they "reported dreams and visions as a regular part of their spiritual experiences. Anti-revivalists pointed to these sorts of experiences as evidence of the individualistic chaos the revival bred. [A] remarkable testimony by an anonymous uneducated layperson reflects common themes in these visions of heaven, hell, angels, Christ, the evil, and the Book of Life" (Kidd 72). Charles Chauncy criticized: "they fall into Visions, Trances, Convulsions. When they come out of their Trances, they commonly tell a senseless Story of Heaven and Hell"

美国历史课第二篇小论文原稿 -3

(Kidd 97). These outcomes probably are due to their limited and weak understanding and ignorance. For this reason, many ministers established schools that gave blacks and underprivileged men and women equal rights to gain knowledge, teach them basic things, and even train them to be ministers.

People adapted behavioral injunctions handed down from leaders of the Great Awakening to fit the circumstances of their own lives. From those injunctions, laypersons believed they all had equal souls and equal rights in God's eyes. Backus explained everyone "should enjoy full liberty instead of oppression by New England's colonial governments. In particular, [he] called for freedom to practice Christianity as each person saw fit, with no government penalties or interference" (Kidd 21). John Leland "helped lead the effort for disestablishment" (Kidd 139). He expressed a view "that government should not give preference to any religious group, but should protect the rights of religious minorities to express their views and practice their beliefs in safety" (Kidd 140). As a result, people began to change their views of authority. Common people made their own religious decisions and democratic public speaking spread out. Many left churches, which were established by authority, to pursue their liberties. Moreover, there was much inter-denominational cooperation that never happened before. The Great Awakening affected every social class deeply and brought them together as one nation. Many historians view there is a tight and direct relationship between the Great Awakening and the American Revolution because this movement provided people with weapons of thought, supporting them to stand up and fight for themselves later in the Revolution. People questioned the authority and undermined its power on them. It opened an optimistic road from religious freedom to political freedom where women played many important roles and slavery was abolished.

美国历史课第二篇小论文原稿－4

第一次成为报刊记者

在大学生活一切都步入正轨之后，我决定开始干一点儿“私活”。在美国上大学，获得各种实习及工作经验是十分重要的，很多学生都是从大一就开始了自己的兼职生涯。从最初在学校范围内寻找“工作”，到后期走出校园，在社会上寻找机会，四年里只是学习没做兼职的学生真的非常少，毕竟求职路上，老外很看重这些“课余经历”，尤其是最后一年的。

大学新生的兼职生活基本上都是从“体力劳动”占主导的工作开始的，如学校餐厅里的服务员。毕竟大一还没有“真正”接触到专业课，所以也不可能找到和自己专业高度契合的工作。大学初期所接触到的差不多就是我们常说的“打工”经历，而大学中后期进入和自己专业相关的或是自己毕业之后想要就职的公司，所获得的经历更像是我们说的“实习”，不管这是给学分的，还是给报酬的，又或者是两者都不给的。所以我们姑且就这么划分吧。前者是丰富自己的业余生活，并且比较容易得到的职位。这样的经历更多的是让自己学会自食其力，通常也会有一定的劳动报酬。而后者则是伴随着激烈的竞争，在争取的路上投了几十封申请也有可能石沉大海、最后失败的修罗场。又或者是为了一个有可能拿到的好位置，要“忍受”几轮筛选，“求”着对方“赐予”机会，对一个人的耐心和承受力都有着极大考验，得到之后可能还要到另外一个城市，劳心劳力、自掏腰包且还不一定给报酬，其表现甚至会决定毕业后第一份工作走向的经历。这样看来，这两者的差别还真是巨大啊。

在“打工”的范畴中，我们学校里最容易拿到的——也是很多人的第一份兼职工作——餐厅里的服务员。而最吃香的、竞争也很激烈的就是体育馆和书店里的工作人员，为什么竞争如此之激烈我就不知道了，因为我没有申请过这两个地方的打工机会。不过有一点我能想到的是，小的时候看到超市里的收银员，不知为何，我总是想象自己站在那里敲打收银“键盘”的样子。我后来仔细想了想这是为什么，发觉可能是因为自己小时候很喜欢听敲打键盘所发出的声音，以及收银箱进出来的声音，还有或许就是觉得找零这件事能给自己带来成就感？这个逻辑是不是有点儿让人费解？但在一个小孩子的世界里，很多事情本来就是很奇特的，可能那时候我觉得一天下来卖了那么多东西是件很厉害的事情吧！不知道你们小的时候会不会有这样无厘头的想法。总之，我在学校前半程的打工经验大致可分为两大块，常规的但是发生不可思议事件的以及非常规的但是还算顺利的。我们就先来讲讲后者吧。

很多家长其实不太赞成孩子在大学期间打工，觉得那是浪费时间的做法。学生的天职就是学习，只要把学习弄好了，他们掏个金山银山也愿意。很多家长经常爱说的一句话就是：钱不用你操心，你就给我好好学习，什么都不要想。这话确实有一定的道理，不过我还是推荐留学生多打打工，毕竟这也是帮助自己融入当地社会的好方法，尤其是在同事是外国人比较多的情况下。再简单的工作也是有益的，至少你能在与人接触方面得到锻炼，而这也是很多中国留学生所欠缺的部分。从我当时的观察来看，很多中国学生都会选择一放假就上暑期课程，赶课时，让自己早毕业，在学习的道路上走在别人的前面。虽然学习肯定是留学生活中的第一位，但在我看来，这么拼命去赶课时并不是一个最佳的选择。即使再往前赶，能够提前一个学期毕业就不错了，要想提前一年毕业，真得用上把自己累死的力气，必要性呢？我倒不是反对放假赶课时的做法，但是我常想，大学设置四年完成的标准还是有它的科学性所在的。世界上所有的国家基本都遵循这样的设置，就说明这是一个全世界学生的普遍水准。在这个普遍范畴内，我就是一个普通学生，所以我还是愿意用这样的水准要求自己，然后把课余的时间攒起来做一些别的在我看来很有意义的事情。如果你作为一个外籍学生还计划毕业后在当地多待几年，那就更应该趁着身份允许的情况下多积累点儿学习以外的经验。我觉得在大学毕业前，有机会在一个团队里体验当一个小小的“齿轮”是什么感觉还是非常有益的。包括我在内的中国年轻一代，大多数都是独生子女，由于成长氛围，本身就会自我甚至自私一些，所以在真正进入社会前积攒一些宝贵的经验真的是一件非常美好的事情。现在已经跨入职场的我非常清楚，现实有多么残酷，很多人也并不那么友善。可最令人遗憾的是，往往还没等到我们去适应，我们其中的很多人就已经被淘汰了。所以，如果你四年出来不只是为了得到一个海归的文凭，那我希望你在包括学习在内的很多环境中都能得到一些人生阅历，在你今后的人生中，它们都会变成你遇到困难时能够拿出来解决问题的智慧锦囊。

好了，又扯远了。我还是先来分享一下我的这份打工经历吧。说它是非常规的是因为我很幸运也算比较难得的在大学前半程就找到了一份与我的专业还蛮契合的工作——校刊记者，能够得到这样的工作真的是很幸福，因为我能有机会通过“观察”学到很多。

校刊，顾名思义就是我们学校自己的报纸刊物。就像很多美国大学的校刊那样，虽然从上到下基本上都是学生任职，但团队整体却相当成熟系统。据说，对于专业是纸媒的学生来说，如果能当上校刊的总编，毕业前好的实习机会甚至是跨出校园的第一份工作都会手到擒来，所以这个职位对很多该专业的优秀学生来说都是必争之位。而很多读纸媒专业的学生也都是从这里开始积累经验的。虽然我的专业不是纸媒，但这个工作场所还是可以让我得到很多锻炼的。而专业涉及摄影、平面设计、网站设计内容的学生也都可以从这里起步 。

我最初进入校刊工作的原因就是希望能够多写写英文稿，因为这对我接下来的电视新闻报道的学习很有帮助。校刊涉猎的内容范围很广，分成了很多个板块，包括政治经济、校园活动、娱乐新闻、犯罪，等等。我一开始选择了校园活动和娱乐新闻板块，一个是因为我比较感兴趣，第二个是写起来要相对简单一些，先试试水。

不过很惭愧，我刚上来写的几篇文章基本上在审稿的时候被板块主编改得面目全非，除了基本框架还能凑合看以外，格式不对、引用不对、用词不恰当、长短不合适，总之是惨不忍睹，打击巨大，用现在时髦而又贴切的话说就是，此处可以想像我当时心理的阴影面积。那段时间我特别不好意思，总觉得自己的加入非但没有成为支撑校刊的一股力量，反而给主编们增添了巨大的工作量，好像在给板块拖后腿一样。但我真的要感谢我当时的主编，他不仅非常有耐心，而且指导得也非常专业，一点儿也看不出来他还是个学生。主编告诉我：你可能觉得你是外国人，因为语言不是母语的关系，稿子写得很差。但是我不希望你用这种逃避的方式看待这个问题。无论你从哪里来，一开始都会存在这些问题，这和你的国籍背景没什么关系。格式、排版、造句方式、采访技巧等不足都是可以靠后天多练习去弥补的，所以只要肯努力付出，谁都能干得很好。

就这样，我的主编完全没有“嫌弃”我刚开始那些不像样的初稿，而他的话也成了我坚持前进的动力。根据我们校刊的规定，新闻编辑要在写足五篇报道之后才能开始拿稿酬，我觉得这个设定很合理。从我自身来看也是如此，正好是锻炼一个新手的篇幅长短。五篇报道以后（当然这五篇熬下来的过程是非常“艰辛”的），我的工作也开始上手了。我通过多看别的同事写的文章，让自己首先“死记硬背”下来那些写报道的格式，比如写活动用什么样的结构、写突发事件又是怎样的结构、描写人的时候通常怎么开头、背景信息应该放在全文的哪个位置、针对某类事件的常规措词造句是什么，等等。新人要做的就是模仿，这个道理在我现在的工作当中也同样适用。拿到一份新工作想要尽快上手的捷径就是模仿那些做得好的人，纯模仿，反复模仿，写作如此，编辑也是如此。慢慢的，当你头脑中有一个概念之后，当你想要做得更好的时候，你就会自然而然进入到新的阶段，那就是“自我创造”。干我们这一行的真是如此。回顾那段经历，真的是既难忘，又痛苦，但也快乐。不仅仅学到了很多，更重要的是，我看到了很多与我年纪相仿的人的厉害之处，这变成了一个很好的“刺激”，激励自己也要成为一个在别人眼中，甚至在自己眼中（虽然后者比较难）都很厉害的人。其实在我现在的工作环境中，我还算得上是一个在联系和沟通方面表现比较突出的人，我想大学时代的这个经历应该多多少少起到了一定的作用。通过这份工作，我开始在真正意义上与各式各样的人打交道，学会与他们交流，在采访中和他们友好相处，保留住不同的资源以备未来的需要等。我自己也在这个过程中变得更为自信，也更加勇敢，不再害怕被拒绝。我现在比较“擅长”说服别人的功力大概就是从这里开始积累的吧！我想，这份积累一定为我之后真正踏上电视新闻报道的征程开了一个好头。

在这里说一个有趣的细节吧，就是关于如何抢新闻的。就像我之前说的，成为我们学校校刊的编辑之后，要先选出你想侧重报道的板块，然后就会被拉入相应的邮件群里。之后每周一（印象中）该群就会发出邮件，里面会写出这一周要报道的重点题目（当然也会有突发题目随时发随时报，这么一想不用自己报题，还是很幸福的）。对于有经验的编辑来说，为了能选上自己最想报道的新闻，他们会在每周群里发邮件的那一刻死守在电脑旁，发现猎物后马上反馈给板块主编。如果那时候还没有其他人发来“争夺邮件”，那么这位编辑就能顺利拿到自己想要报道的题目了。如果多封邮件同时涌进主编的邮箱里，那么一场你争我夺就会在所难免。经验多的老编辑（就是擅长抢，知道什么时候该去抢的人）以及平时和主编关系好的编辑（走后门看来在哪里都适用）当然在此时就更容易拿到大新闻的“报道权”了。所以每周一对于校刊的编辑们来说，都会有一场“看不见敌人的残酷厮杀”等待着他们。能不能给自己的纸媒报道清单上增添几条“重量级”新闻，资历、人缘、打字速度和网速都是缺一不可的哦！

经验之谈

大一大二是适应环境的关键时期，对于之前没有出国留学经验的中国人来说，迈出自己的“舒适带（comfort zone）”，融入异国文化和社会环境里会很难。很多人都觉得自己在国外过得挺好的，有时甚至不需要和外国人有太多交流就能把学习完成得很好，那么“折腾自己”又是何苦呢？但在我看来，那是一种只选择了拒绝的做法，是一种逃避现实的做法。这也解释了为什么有些留学生，尤其是研究生在国外几年，说的英语还没有汉语多，外国朋友结交得也很少，到头来还是和中国人扎堆，一起住、一起上学、一起玩，在外国人眼里，好像是一个独立的小团体一样。所以我建议，在选择打工场所上，一定要选择外国人比较多的环境，甚至是纯和外国人打交道的环境。对于年轻人来说，其实融入一个不同的环境并没有那么恐怖和困难，相反，只要融入进去了，你就会非常享受这份融入感，而且能够学到很多，成长很多。留学生涯如果缺少了这一份快乐真的是非常遗憾的哦！

第一次端盘子做服务生，进而变成人生中第一次晕倒的“难以回首”的往事

在打工方面，我们再来说说这很常规但闹出了很大动静的一段吧。在很久很久以前，流传着这么一句话：没有端过盘子、洗过碟子，你的出国留学经历就不算完整。虽然感觉这已经是二十世纪的格言名句，但我还是遵循这个道理来到学校的餐厅体验了一把。餐厅的打工量是相当大的，记得前一阵我还和现在的同事聊起这段往事，不禁感慨万千。虽然在餐厅打工的收入对学生来讲是比较可观稳定的，但作为纯体力劳动的代表，这个工作完美诠释了“一分耕耘，一分收获”这句话。大家如果要做的话，也只有这份校园工作，我是真心推荐一定要选大一的时候做。因为通常情况下，你的排班量都能达到你所能打工的极限时间。外籍学生在学期中的打工时间总和通常每周是不能超过二十个小时的。而在餐厅工作的话，有的时候一个大班下来就要七八个小时（可能有夸张的成分，此处只想表现真的很长），晚上打扫完卫生，全部收拾好后要到几点了，

可想而知，真是轻轻松松排满你的工作日程。如果你是上午上课，下午来打工，一干干这么晚，身体已经累得快散架的情况下，作业却还很多的话，想想是不是就很崩溃？时间久了，学习质量确实容易下降，还是大一课业不太紧张、压力不大的时候来做比较合理。

记忆中，我们学校餐厅的打工制度大概是这样的。从小兵做起，先是干擦桌子、收拾饭后残局这样的活儿。就是大家都在吃饭的时候，你在旁边来回溜达，看谁吃完了需要整理，你就跑过去收拾一番。说起来，这是我“最不愿意”干的，倒不是因为累，而是因为太无聊，都没人能说说话，解解闷儿。通常负责这个工作的人就是穿好工作服，兜里揣上擦桌子的布和洗洁精，像没头苍蝇似的这儿看看、那儿逛逛，如果桌子上的调味料没有了，就拿新的来补一补，这么来来回回干几个小时，听起来就很无聊是不是？绝对超级的无聊。

一段时间之后差不多就可以进取餐区工作了。这里的工作分很多种类。虽然学校是自助餐，但是取主餐主菜还是需要服务生帮忙盛好后再端走的，所以盛菜也是一项工作。如果像土豆泥、薯条这样的配菜没有了，就需要从高温的保温箱里拿出全新的补上或者是新做。说实话，一开始我是真觉得烫手呀，而且还超级无敌重。但随着“进化”到皮糙肉厚的阶段，有时候一双手、利用惯性，顺势就能把一大盘子东西端出来“摔”在饭槽里了 ，好像那一瞬间的烫手早就习惯了一样（相信大家能够自行脑补这一连串的画面）。盛饭工作的再高级版本就是做饭！没错，三明治的制作（因此我当时对所有种类的芝士、面包还有酱料都很熟悉）、炸薯条、煮意大利面、制作意大利面调料、做煎蛋饼和pancake（美式松饼）等，这些工作都是餐厅里的“高级工作”，会交给资历深的人去做。我在餐厅打工的时间并不长，只到过做三明治，虽然很想尝试做煎蛋饼和美式松饼，但是却没轮上过，实属遗憾。

白天的工作做完了之后，晚上的最后一项工作就是大扫除和大清洗。碗筷的清洗（感谢我们那时候已经在用机器操作了）、摆放，地面的清扫、过水，所有的椅子要搬到桌子上（这和上学的时候做卫生颇为相像），倒垃圾，等等。累到快半死以后，一天的工作终于可以告一段落。如果一个学生在餐厅干得时间长的话，会从服务员慢慢升至小主管、大主管，等等，工资当然也会不断提高。我很敬佩这些人，时常在想：这得在这里奉献了多少青春年华啊！大学时期的大部分课余时间都贡献给餐厅了吧！想想日复一日的劳动量，我就很佩服他们。那个时候的我第一次深深感受到：挣钱是多么不容易啊！辛辛苦苦挣来的钱，真的舍不得花！

不过我在学校餐厅打工的经历跟别人相比起来可谓是非比寻常，直接“厉害”到晕倒送医院的地步。记得那个时候赶上交文章，每天需要点灯熬油拼命看书，十分焦虑，

经验之谈

1. 大一、大二打点儿散工、体验一下生活还是不错的。不要觉得服务员之类的工作很“低级”而瞧不上，其实也能学到很多东西，如坚持守时、提高协调能力、锻炼团队合作意识，等等。最后大家都能更加懂得如何坚持和吃苦，我认为这两项技能是相当宝贵的生活财富。

2. 很多外籍学生不太知道怎么找打工的机会，其实很多学校都设有课外辅导机构，里面大部分的家教都是学生，中国学生比较擅长理科，完全可以胜任数学、化学、物理等科目的家教老师，不但收入不菲而且还能锻炼英语交流能力。还有很多校内打工机会，在之前的篇幅里我也提到过，比如在图书馆、健身中心、宿舍楼、行政中心、校内购物中心、学生组织，等等，这些地方每个学期都会招收很多小时工。让这些工作来充实一下你的大一、大二生活，我觉得是非常好的，你很容易就能融入校园这个圈子了。

再加上身边有各种小情况发生，体力透支可谓十分厉害。事情是这样的，晕倒当天我是小班，虽然身体比较沉重，感到有些体力不支，但因为不会到太晚就可以下班了，所以我当时觉得自己能扛到回家休息，就坚持着没早退。可是突然间我感觉到极度的恶心，那天我在取饭区，心想着是不是因为味道太重了、气温太高了，琢磨着换个清凉一点儿的地方透透气，于是就晃晃悠悠从盛饭区走了出来，准备找领班说一声，下楼到休息区开个小差儿。可事态就这么以迅雷不及掩耳之势向我猛烈袭来，在我根本都还没反应过来自己要晕倒的时候，只是说了一句“我有点儿不舒服，想下楼歇一下”，就感到一阵天旋地转，瞬间有一种脑子撞倒硬物的疼痛感，在不到一两秒钟的工夫里，我就像电视剧里演的那样，华丽地躺倒在了众人面前。

说实话，对于这件事情的记忆，我几乎是碎片化而又缺乏准确性的。我没有像因一时低血糖而晕倒的人那样，很快就清醒了，而是陷入了一段意识模糊的状态。我只是隐约记得我被同事抱下楼，据当时现场的朋友说，我那个时候脸色惨白、呼吸困难，看上去极为痛苦，也极为可怕。到达楼下办公室后，同事们赶快拨打了急救电话，并在等待的时候根据救护人员的指示把我平放在地上，让我能够呼吸顺畅一点儿。这里的描述大部分都是从同事那里听来的，所以事实究竟是怎么样，也很难追究，毕竟这种突发事件在每个人的视角下都会不太一样。我自己有一点儿意识的地方大概就是我躺倒在地的某一刹那，因为我突然感觉好像有一阵畅快的气息进入到了我的体内。说实话，这种潜意识里的某种感官真的很奇特，我能很肯定我是没有清醒的，因为真的没什么印象，只是有那么一瞬间得到了畅快的感受，然后又陷入了“深度睡眠”。据说，等救护车一到，我就被五花大绑拖走了，氧气罩也罩上了，输液瓶也挂上了，直奔医院。第二次又有一丝模模糊糊的感受应该就是在救护车上，我想大概是氧气罩罩上那一刹那的时候，因为我又一次在某一瞬觉得呼吸轻松了很多，而这一瞬间度过之后，我就又陷入了混沌的意识状态中。

说起来，我们学校的医院还是很不错的，应该是州里面数一数二的。记得进学校的时候，看着医院外的草坪上就这么赫然停着直升机随时待命，我是真的被吓着了，心想：要不要这么夸张？这里是学校呀！对于一个在2009年出国留学的孩子来说，这一景象就像电影场景一样，太酷了！每次我给朋友讲述这段历史的时候，他们的下一句话总是要问：难道你就是被直升机送到医院的吗？然后眼里满是期待。不过很遗憾，我是被陆地上的交通工具送往医院的。好吧，这是我和乘坐救护用的直升机最近的一次擦肩而过。

当我被送进急诊观察室一类的地方时，我的意识再次进入了复苏的阶段。因为有那么一瞬间，我觉得脸上有十分疼痛的感觉，恍恍惚惚地觉察到有人在“用力地”拍我的脸，我似乎能接收到一点儿声音，给我的模糊印象是手

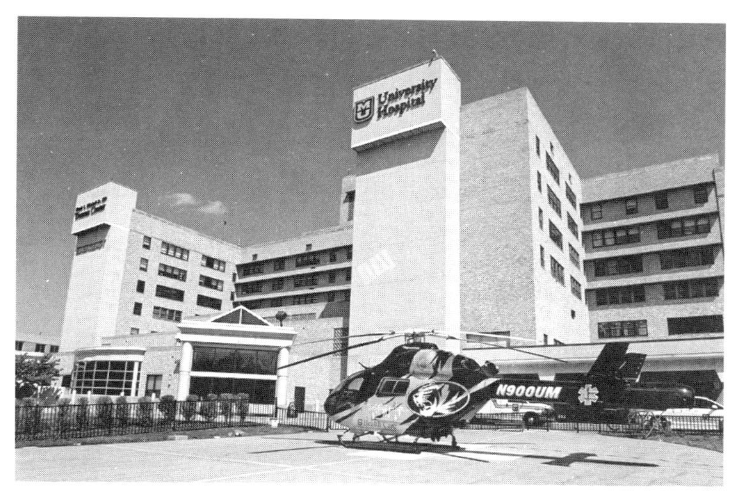

密苏里大学学校医院与医院的救护用飞机（©2018 密苏里大学董事会 版权所有）

下不太留情。耳朵能够断断续续地捕捉到一些词汇：名字、不要睡着、嘿、回答我之类的。在这次晕倒过去了很长一段时间之后，我曾经和医护人员聊起过这件事，记得当时大家都笑着，并告诉我，那是医生为了不让我进入深度昏迷甚至是休克（因为当时医生不知道我的情况是否非常严重）而使出的招数。听到这点，我真的很想吐槽：能不能用点儿温柔的方式？真是过于“暴力”啊，有一种任人宰割的感觉。

因为就像我刚才提到的，我不是那种低血糖晕眩后马上就醒了的案例，所以这件事情还是惊动了不少人。我完全清醒过来的时候天应该已经暗了（记忆碎片化，不准确的地方请多包涵），我发现自己躺在急诊室里（应该没有换过地方，但不太确定），身上“插”着监控仪器，还输着液。这一幕又让我和电视剧里的情节联系了起来，很像，也有些夸张。记忆仍旧有点儿模糊，而且头很痛，应该是摔倒在地时狠狠磕到硬物所引起的。虽然医生告诉我，我可以住院一晚再观察一下，但我十分淡定地对他说：“我可以回家”。当时医生的那副表情在我眼里的解读是：随便你吧。那就随便我，我会慢慢来阐述这个原因。

医生在确认了我一切恢复正常，就是还有些虚弱，需要补充些营养后，便放我走了。当时我觉得晕倒真的是件很奇妙的事情。以前头晕的时候总想着，是不是要晕倒了，而真正晕倒过才发现，才不会有什么前奏和预警，晕倒都是刹那间的突发事件，毫无防备。不过如果不是因为什么重要疾病引起的晕倒，而是像我这种自己作出来的，因体力透支而导致的晕倒，醒了之后除了感觉饿、无力之外，也就瞬间“恢复健康”了，就跟之前的晕倒并没有发生过一样。我那天收拾好离开医院时已经挺晚了，说起来，我还先回了趟打工的餐厅，当时那里的大扫除即将结束。看到我走进来的同事们十分震惊，绝对有看到鬼魂的即视感，诧异我怎么就这么“堂而皇之”地回来了，赶紧扑上来问我身体的情况，是不是真的没事了。我一一笑着回应，并找到抱我下楼、帮我叫救护车、当时陪在我身边的人们，谢谢他们“救了我一命”。而我必须这么赶着回到餐厅的原因就是，当时我是穿着工作服晕过去的，印象中那天我把钱包塞在了工作服的口袋里，醒来后虽然工作服还在，但是我的钱包却不见了。所以，我一是来还工作服，另外就是来寻找我的钱包。“好心人”告诉我：我被抬上救护车的时候，钱包正好掉出来了，就给我捡起来锁到办公室里的保险箱了。找到钱包后我是长舒一口气，感叹世界上还是好人多啊！

离开餐厅，我是真的回家了。我仔细想了想，虽然事情就这么戏剧性地过去了，但似乎还是应该给我妈妈打个电话，于是我就一边吃饭一边拨通了妈妈的电话号码。说实话，当时说起这件事情的时候，我感觉十分尴尬，就是那种：嘿，妈妈，我刚才晕倒了哦！感觉很微妙。记得当时我颇为意外地觉得我妈妈听到这个消息后的反应实在有些过于淡定，大概聊了一会儿就结束通话了。后来再问起我妈妈这件事的时候，她反驳道：“谁淡定了？听到的时候其实吓死了，但是还能怎样？事情已经过去了，无能为力了呀，只能盼着不再发生，你赶紧恢复健康。”这不禁让我觉得，我妈妈当时所感受到的无力感其实让她很难受吧。女儿远在他国，发生了“意外”，通过电话得知了，那么之后呢？隔着手机，看不到表情，语气也很难传达，除了心里难受其实也没什么别的可做了。我不禁又想起后来有一次得知妈妈做了个手术，在医院待了很久，而且因为血液指标不达标，好几次都没让推进手术室，一直在调整，直到指标达标后才进行了手术，也恢复了相当长一段时间。对于这件事，等我知道的时候好像都已经过了一两年了。被告知的时候突然有一种恍然大悟，在那个特殊的阶段，我每次给我妈妈打电话都没人接，回复信息就是说：在开会，最近很忙，之后联系。因为我妈妈工作确实特别忙，所以我也就没多想。其实那个时候，我妈妈就躺在医院里，没有所谓的开会，只是不方便接我的电话。友人阿姨告诉我，每次看到我发信息、打电话、想到我时，我妈妈都会掉眼泪，但即使如此，她还是忍住没有告诉我，不希望我“瞎担心”。听到这些还原当时情景的只言片语时，我也感到很无力。虽然有一种“为什么当时不告诉我”的心情，但是就像我晕倒之后我妈妈的感触一样，知道了又能做什么呢？马上飞回去吗？当然没问题，也是应该的，但无力感却没有丝毫减少。经历了这件事情，我想明白了很多，尤其是在对父母的理解上。我们可以毫无顾虑地在父母面前大喊大叫，质疑他们的过分保护和没完没了的看管；我们可以看不惯父母的“指手画脚”，可以和他们抗争，但是我们并不知道父母在背后都曾为我们默默付出过什么。他们不会说，不会去计较每一次的得与失，无论帮不帮得上，他们永远都在想：“我还能为我的孩子做些什么？”他们不会把自己的痛苦摆在脸上。遇到孩子的事，他们会无限放大，可遇到自己的事，他们则会用‘大人的事，小孩不用掺合’这样的话一句带过。即便如此，我们能看到的却只有十全十美的孩子，而不承认会有十全十美的父母。想到这份苛刻，我终于体会到了父母的不易，对于父母的唠叨也不像以前那么不耐烦了，因为我已经很理解这种担心，也很想给他们一份安心。

再说说这次晕倒为什么没选择留院观察。虽然也有我确实没什么大事的原因在，但还有一个最主要的原因就是这里医疗费实在是太高了。如果是在国内的话，我也许会选择在医院待一晚上，那么晚了，谁还愿意折腾。但是在美国，真的算了。虽然有相应的保险，但是救护车和急诊室的很多费用都是不涵盖在普通医疗保险里的。我的妈呀，你知道我坐了一趟救护车、进了一次急诊室花了多少钱吗？（虽然设备很高级）最后算下来，我自己要交的费用一共要几千块人民币，想想真是得再崩溃一次。我打工本来是要给自己挣点儿零花钱的，这下倒好，赔了夫人又折兵。用我妈妈后来的话讲："还零花钱呢，咱们还成功地倒贴了一大笔。"说这话时她还伴随着在我听来"不怀好意"的阵阵笑声。我感觉我妈绝对是有点儿"嘲笑"我的意思，她肯定想对我说："现在更加知道挣钱的不容易了吧！"所以我更不能在医院再住一晚，要不然我得再被"念叨"一万年了。当然还有一个十分重要的原因是我当晚有个必须提交的小测验，如果当晚不在网上提交的话，我就没有成绩了，这对于想要冲全 A 成绩的我来说是绝对不允许的。我这种行为在之后遭到了朋友们的"唾弃"：到底是身体重要还是你那点儿成绩重要！当时我心里真想说：身体不是没事嘛，所以当然是成绩更重要！我想我要是真这么说了，她们一定得气死。

然而晕倒的余波在之后的很多天当中继续发挥着威力，故事并没有因此而结束。朋友们得知我晕倒的消息后，传出了无数个“最新版本”。什么我一醒来先感慨不能和朋友打麻将的（因为在我晕倒的时候朋友打电话过来，本来想约晚上一起打麻将放松一下的，结果却得知我晕倒了），还有人觉得我是在散播假消息，绝对不可信的（因为她白天还见到我在学校活蹦乱跳的，当然我认为活蹦乱跳的形容一定是她肉眼感官上的误差），等等。这层出不穷的版本使我在后来见到大家的时候百口莫辩，这话题倒是让大家讨论半天，成了那段时间茶余饭后必须提到的段子。

人都说吃一堑长一智。按理来说，通过这次经历，我应该学会了很多道理，并且在之后的人生道路上学以致用。但是有些遗憾的是，审视一下我现在的工作状态，我似乎还在过着不计成本、糟践身体的日子。所以，我并没有长进这件事，也是气坏了身边很多人。但是，我还是希望把我的一些总结告诉大家，最后加一条：一定不要学我！然后再加一条：请自己记住！首先，不是硬扛着就是最好的，该休息的时候就得休息。毛主席都说了：身体是革命的本钱！第二，学会去体谅父母，也学会让父母更依赖你。

经验之谈

1. 在美国叫救护车和进急诊室可不是闹着玩的，尤其对于国际学生来说。要不我朋友调侃：晕倒前应该先和旁边的人说，千万别叫救护车，给我朋友打电话送我去。然后再潇洒地晕倒。我的意思你们明白的。

2. 我其实很感谢后来一直是我室友的小朱同学。自从和她住在一起，一日三餐都不再担心，虽然她的说辞是不想回家看到一具“尸体”，但我的感激还是满满的。正因为有了这样的照顾，我后两年更加艰苦难熬的学习工作生活才能在没有晕倒的日子里度过。所以一日三餐吃好是每天能量满满的源泉。

第一次参加 China Night*

要说起最初我是如何在学校被更多人所熟知的，那一定要说说我所参加的那场大型新春晚会 China Night。感谢这个舞台给了我太多美好的回忆，让大家有机会认识跳舞蹈的自己，也让我在大学时代的第一个春节没有感到一丝孤单。

我的童年时代因为要时常在国内外各地表演舞蹈的关系，可能和很多同龄孩子的经历不太一样。从少年宫进入华夏未来少儿艺术团，再加上参加学校舞蹈队，我每天的生活都十分忙碌，小小年纪就要学会在课业和业余爱好间掌握好平衡。香港回归、澳门回归、跨世纪、艺术节、各种比赛、各种特别节目的录制；还有 1999 年，在专业指挥家的严格指导和训练下，在世界体操锦标赛闭幕式上，在世界的目光下，在时任国家总理朱镕基爷爷面前，穿上红色燕尾服担任二百人民乐团的小指挥，再到 1999 年之后的

---

*China Night，中国文化之夜。

几年间，随艺术团在每年寒暑假期间前往世界各国进行交流演出，所有年少时得到的机会都直接或间接性地与我跳舞有关系，好像跳舞就可以直接等于我的整个童年。我很幸运地师从两位非常优秀的专业舞蹈老师，她们让我这个非专业舞者通过舞台看到了大大的世界，变得与众不同。我从没想过要放弃舞蹈，尽管无法拿它来作为我的毕生事业，但只要我想运用它，它就是我最好的伙伴。来美国之前，我特意找到自己的编舞老师为自己量身定做了两段全新编排的成品舞：汉族胶州秧歌和藏族舞。音乐是全新编曲的，衣服也是量身定做的。我知道，一定会有一个舞台等着我。

那是我大一那一年，作为一个新生，参加学校各种活动的干劲儿总是很足，毕竟也只有新生时代有这个“闲心”和功夫投入到这些课余活动中，而对于 China Night，我也确实只参加过这一次。虽只有一次，但是再次回到舞台上，作为一个舞者的感觉让我兴奋雀跃。那一年，晚会可以说是盛况空前。China Night 可不止办过一届，很多当地华人商铺和团体会赞助晚会，而且很多人会在晚会当天到场观看。我们那一年好像来了不少“嘉宾”，好不热闹，新闻报道也没落下。另外，那年还有一个创新，就是首次加入了网络现场直播，让全球的朋友们都能在同一时间通过网络平台进行收看。虽然因为技术支持有限，据说网速很卡，网络观看效果并不理想，但是对于当时满腔热血的我们来说，这一点并不影响我们的激情。我们奔走相告，恨不得告诉所有我们认识的家人和朋友要守着电脑收看我们的晚会，好像通过那样的方式，我们和我们的家人能够在春节实现团聚一样，那是种很特别的感觉，无法形容。就像我的父母，那天就在电脑旁一直“观赏”着我的表演。虽然播放都是断断续续的。用我妈妈的话讲就是：人刚一出来，就不动了。等再动起来，已经换了一拨人。但是在那一刻，这些问题似乎都不存在一样，他们透着那块小小的电脑屏幕，去“看”他们的女儿在地球的另外一侧卖力地表演着，彼此好像近在咫尺，好像一家三口就坐在一起过年一样。

为了这次演出，我们还专门设计制作了网站，拍摄了海报，而我也有幸成为了这款海报的女主角。尽管现在来看，那个海报做得还挺粗糙的，但是就和网络直播一样，虽然并不完美，但当时的我们，甚至是现在的我们，都觉得那个时候我们所做出来的一切都是最好的。因为我们为此付出了，没有依靠别人的力量。其实现在作为一名电视工作者，每天都在和电视节目打交道，但节目参与得越多，我反而更加觉得，一个晚会的好与不好，成功与不成功，“外貌”是很重要，但是更重要的却是能不能打动人心，能不能与观众产生共鸣。从这一点上来说，那场晚会完胜。即使过去了这么多年，只要闭上眼睛回想，画面依然清晰，一切仍旧回味无穷。

晚会除了有几个老师在帮忙指导外，很多筹备工作都是由学生们分工完成的。真正专业练过才艺的学生比较少，

China Night 海报

所以本着能者多劳的原则，我最后一共参加了六个节目：一个剑舞的领舞、一个中国风舞蹈、一个藏族舞独舞、一个傣族三人舞、一个街舞和一个魔术中大变活人环节的那个“活人”。说实在的，我真的很佩服那个时候的自己。如果是现在让我一个人干这么多事情，就是再让我提前准备，我都不太敢接了。记得小时候上台演出的时候，我曾经在一个专场表演中参加了六个以上的舞蹈节目，其中还有领舞、秀功夫的。而到了大学，在体力已经下降很多的情况下接六个节目，基本已经算是极限，真是时光催人老，不服不行啊。虽然每一个节目都不够专业，瑕疵也很多，毕竟大部分人都没有基础，道具、灯光也比较简陋，但那是大家天天熬夜探讨，用好几个月的辛苦排练积累下来的成果，对于那些不完美，没有人抱怨或者质疑，什么瑕疵都改变不了这是一场成功的演出的事实。

那段时间，我每天都要攻克的课题就是恢复基本功。毕竟岁数越来越大了，作为舞蹈演员来讲，也已经不再年轻了。为了能够恢复到“年轻时”的状态，为了完成那一个个特意编排的难度动作，那段时间我哭过、痛过、责怪过、不甘心过、争吵过，但最后却都没放弃。不只那些难度动作，给我们带来挑战的还有道具。记得那会儿剑舞是仿照一个成品舞改编的，上来学动作的时候没有拿剑，要先将所有动作徒手做好，再编排好队形。等到大家都能够很顺畅地进行不加道具的表演后，我们以为这个节目离完成已经很

China Night 彩排和表演瞬间

近了，但事实根本不是如此。由于剑的自重和剑穗的搅合，我们刚拿到剑的时候什么动作都做不成了。剑甩不出去，穗也总是缠在手上，感觉要起来就跟乱比画似的，一度很挫败我们的信心。看着演出时间的一点点临近，我们大哭过、跺脚过、发脾气过。但还是一样的，谁也没有放弃。最终，一切的一切都在我们的手上得以完成，那些原先甩不出去的剑在我们的手上成为了灵活的画笔，勾出一个个美丽的图案；那些纠缠我们的剑穗成为了画笔的延伸，在空中轻盈地跳跃。努力不会辜负了时间，这一点在我们身上得到了最好的印证，我们欣喜若狂，骄傲万分。

其实这场演出和我以前的演出比起来，绝不是最难的、最紧张的、最复杂的，也不是最苦的，更不是最累的，但却是极为特别的，过程的每一幕都深深印刻在了我的脑海中。演出十分顺利，我熟练地扮演着自己的角色，化妆、整理好演出服、做好造型、准备上台、候场、表演、谢幕，这些我都再熟练不过，但神奇的是，每一次规定动作的叠加都会产生不同的化学反应，新鲜、难忘。从与伙伴们的前期准备，到打打闹闹互相加油，再到演出后站在舞台上，大家互相拜年、各自乐成一团合影留念，大概也只有这一场演出会是如此进行的吧，这是一辈子只能体验一次的心情。

就像我在章节开始提到的那样，这场演出“意外地”扩大了我的知名度，很多人因此记住了我。因为我们的大学城实在是有点儿小，人口就那么多，圈子就那么大，所以在后来的某一段时间里，我曾时不时地在大街上被人认出来。一时间，我好像有点儿小明星的感觉，有些自满和飘飘然了。真的感谢那段经历，让我得以开始一段活跃的大学生活，让我不甘平庸，一直在寻找无与伦比的美丽。

经验之谈

1. 如果想融入集体氛围中，那么，多参加学校活动、社团活动、体育活动是最好的选择。这个过程不但能帮助你忘掉寂寞和孤单，还能让你得到珍贵的友谊，从中找到获得感。

2. 如果你有任何文艺细胞或是拥有某项“才能”或者“天赋”，出国前一定要准备好，千万不要把自己的本事浪费了。功夫到用时方恨少，你的这些小才艺在异国他乡的崭新舞台上一定能帮助你更好地脱颖而出。

第一次成为“football*”球迷

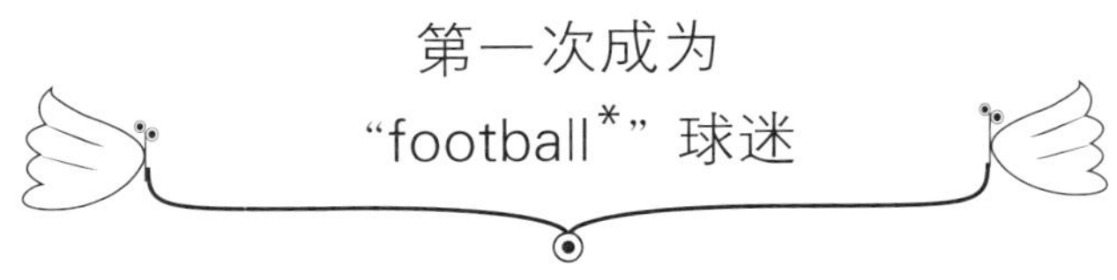

在美国大学还有一样大事绝对不可不提，那就是大学的体育赛事，而在众多赛事中又不能不提的就是美式橄榄球了。记得在曾经看到的全美体育赛事转播收视排行表上，前十名无一例外都被美国职业橄榄球大联盟（NFL）的赛事所包揽，而在前五十名当中，还不乏一些大学橄榄球联赛场次的身影。由于美国职业篮球联赛（NBA）在中国转播热度很高，我一直“天真”地以为NBA也是在美国最火的体育赛事，结果在我第一次去现场观看了橄榄球比赛后，我就发现，自己真是太孤陋寡闻了。这个我到了美国之后才有所了解的竞技运动，原来有着如此之大的魅力。

我们学校虽然算不上超级强的队伍，但也曾经在以前的赛季中拿到过短暂的全美排位第一。如果一个大学有自己的橄榄球队伍的话，那么支持这支队伍就是学校学生们义不容辞的一件事。所以在美国上大学却对美式橄榄球

---

*football，美式橄榄球。

学校球场盛况（©2018 密苏里大学董事会 版权所有）

学校球场盛况（由谢恩·埃平于2014年拍摄）

毫无所知的人应该并不存在，因为这不合乎常理，所以我也自然而然地就知道了这项运动。而让我真正爱上这项运动的原因有很多个，首先我很喜欢我们学校的橄榄球场。绿色的大草坪，加上金黑校色的图案点缀，还有足以容纳七万多人的看台，整个球场看上去真是“金碧辉煌”，似乎都已经成为了我们学校的一道绝不可错过的亮丽风景线和坐标建筑。

美国大部分学校是很愿意花大量金钱在学校的橄榄球队上的，因为花钱的同时，这项运动也给学校带来了巨大的收益。每个赛季自己学校的球场上大概能迎来六七场主场比赛，开赛之前，学生或是校友们都可以通过买季票来做好观看整个赛季的准备。而到了大学后期，我也加入到了季票大军的行列中。

记得第一次看橄榄球赛之前，我连规则和每个球员的站位都完全搞不清楚，到现场就是去凑热闹图感受的，毕竟在美国上大学，不去橄榄球赛现场来个亲身体验可以说是人生一大遗憾。不过当我真正站在看台上近距离为自己学校球员加油打气时，我突然被这项运动迷倒了，喜欢到近乎疯狂的地步。没有什么比赛能比美式橄榄球更能打动人心了。其实从原理上来看，与看足球是很相似的。你的目光会永远跟随着那个与整个球场相比较而言实在过于渺小的橄榄球。无论它是在被球员狠狠地揣在怀里，进行着令人眼花缭乱的摆脱和穿越；还是在被球员精准地进行各种传递；又或是跟随着球员完成了漂亮的达阵（TOUCHDOWN）；再或是射门（Field Goal，成功得三分）时，一脚被球员踢进球门画出一条美丽的抛物线，你都会死死盯住它，生怕错过一点儿精彩的推进瞬间。没有什么事情能够这样让几万人团结在一起，跳着脚、撕破嗓子般呐喊助威了。尖叫声此起彼伏、震耳欲聋。因为我们学校的昵称是Mizzou，所以在赛场上，你永远会听到一边喊M—I—Z，另外一边回应Z—O—U，反复来回，燃爆整个赛场。在这样的声浪中，我身体的每个细胞都被调动起来，我的情绪被场上每一个队员的动作所牵动，每一刻我都能深刻感受到：大家是如此热爱着自己的球队，热爱着这个学校。没有什么场子能让我更加感受到自己是一只彻头彻尾的Mizzou Tiger* 了，这大概就是一种强烈的归属感吧，也是我爱上这项运动的第二个原因。

而第三个原因嘛，则是比赛以外的事情了。因为比赛都是在周末，所以利用比赛好好享受周末就变成了观众们日常生活中必不可少的组成部分。每到比赛前两天，学校和球场附近就开始热闹非凡了。一方面，很多客队的“死忠”粉丝和应援团成员（包括拉拉队队员以及乐队成员）会特意开车（如果距离够近的话）或是坐飞机来到主场球队的

*Mizzou Tiger，密苏里大学的一只老虎，由于学校的吉祥物是虎，所以这里指真正成为这个学校的一分子。

球场为自己的队伍加油，虽然在比赛现场，只会有一个小小的角落留给他们，但是因为和其他主场观众的穿着差别太大，从看台上看反而显得十分“扎眼”。一小群支持敌方的力量被大部队包围着，在我军的紧盯下还要“大张旗鼓”地给他们自己人加油，这真的需要一股勇气，想想我就毛骨悚然。而另一方面，我方有很多以家庭和朋友为团队的球迷们会在开赛那两天，尤其是比赛前，在允许的地点范围内支起烤箱、搭起帐篷、玩起各种小游戏，好像这个有比赛的周末成为了一个特殊的家庭聚会周末。市中心的街道上也都是人流，大家全都穿着自己球队颜色的衣服，脸上画着自己球队的吉祥物。酒吧也挤满了人，大家喝着啤酒，吃着比萨，好不快活。球场两侧的街边停满了车，一辆接一辆，像长龙一样一字排开。只有在这个特定的时间，街边上“有秩序”的“随意停靠”是向大众们开放的，绝不会贴罚单。事实上，虽然比赛一般都在下午或晚上，但是中午之前离球场近的街道就已经挤满了车，如果去晚了，很可能就要停在几条街以外的地方了。找车位，永远是看比赛前要做的一件最可怕、最令人崩溃的事儿。

除了上面所说的种种，让我掉进这橄榄球球迷圈的原因还有太多太多。比如，每次比赛正式开始之前，观众们陆续就位之后，学校都会准备专门的大型表演给观众们欣赏预热。学校的吉祥物、啦啦队、乐队、旗手们，还有自由体操的运动员等“表演嘉宾”会使出浑身解数将球迷们的激情引发出来，他们占领着硕大的橄榄球场进行着丰富多彩的表演，给人的感觉就像是压缩迷你版的奥林匹克开幕式现场表演一样。记得赛前，比分板上方的屏幕中还会播放令人振奋的宣传小片，当大家看到明星球员或是精彩得分瞬间时，整座体育场都会瞬间沸腾起来。最后伴随着礼炮的轰鸣，我们学校球队的所有队员便集体跑进球场，耳边能听到的只有大家发出的欢呼雀跃声，比赛真的要开始了，大家心里有数，也已做好了观战准备。

每逢我们学校的各个校队进行比赛，无论是主场还是要前往客场，学校吉祥物的现身和卖力加油都是必须的。而在美式橄榄球的比赛开始前，吉祥物会引领着喷上学校校色油漆的消防车绕场喷水，活跃现场气氛。比赛中，吉祥物也会一直站在场边，和拉拉队员一起为球员们加油鼓劲。除了这样的设计之外，中场休息期间还经常会有慈善活动或是特邀嘉宾来到现场，穿插着不同的新鲜桥段，好像一个特别节目一样，由不同环节有机组合而成，每一部分都引人入胜，都值得期待。如果赶上一年一度的返校日（homecoming）比赛，那热闹的程度就要再提升好几个级别了。记得我上大学时，有一年好像连直升机、空降特种兵这种套路的余兴节目都上了，场面之壮观真的亮瞎我的双眼，除了过瘾，还是过瘾。因为你要知道，这只是在学校，这只是一场大学生之间的橄榄球比赛，而这种“编排”实在是太华丽了。除此之外，还有一个让人印象深刻的设定，

观看橄榄球比赛的我和大家

橄榄球比赛进行中

等待“怒吼”的加农炮（©2018 密苏里大学董事会 版权所有）

就是每当我们的球队成功达阵后，在专业人士的操作下，都会有加农炮向天空发出“怒吼”，好像就怕你不知道我们球队得分了一样。而震耳欲聋的炮声也让现场的球迷们更加沸腾起来。

这里插个题外话，说起返校日，在国外上过学的同学们想必都不会陌生，不过你可知道它的历史来源？虽然时至今日，返校日活动的举办形式已经变得多种多样，但这一传统的起源则是从二十世纪，学校之间在举行橄榄球比赛时邀请老校友返校观看开始的。而另据美国的全国大学体育学会以及多个来源证实，第一场返校日橄榄球比赛就是我们密苏里大学在 1911 年举行的一场比赛。那场比赛因有近一万名校友返校参加庆祝活动并观看了比赛而大获成功。而在那之后，这样的一年一度盛事就慢慢在全美传开，变成了一项传统。看到了这样的记载后，作为一个现代 Mizzou Tiger，真的是为母校感到骄傲。

每年都有一场主场比赛，会有一个告别毕业生的环节。大家会给那些马上毕业离开学校的球员们送上最真挚的祝福和最热烈的感谢，感谢他们在大学期间用汗水给学校带来了荣誉。能成为学校橄榄球队队员的男孩子可以说是学校最被追捧的明星了。在很多学校里，他们住的也比一般学生豪华，去客场比赛都有专机接送，待遇绝不一般。而且很多队员非常努力，为了能够在更大的舞台施展拳脚而刻苦训练。凡是在大学橄榄球队表现好的杰出人才往往会被 NFL 的星探们盯上。每年 NFL 都会举行选秀，凡是够资格并且最终被选中的，就可以直接离开校园进入职业联赛打球了，这对于很多大学生橄榄球运动员来说都是梦寐以求的一件事，是赌上自己未来前程的一件事。

球迷们总是很疯狂的，如果学校在关键球赛赢球的话，比赛结束后，狂热的球迷们甚至会冲进球场把球门连杆拔起扛走游行。虽然热情，但是踩踏事件也时有发生，所以这个时候也经常是警察出动最频繁的时候，场面会十分混乱。

大学的最后两年我都买了季票，周末观看球赛已经成为了我繁重课业间隙中能做的一件最开心的事。感谢这个球场带给我的快乐，现在我的脑海里还时常回想起这六个字母：M－I－Z，Z－O－U，这是只有在我们学校才能看见的打气方式，这也是我们为球场上的英雄们送去的最美的赞歌。不得不说，观看一次这样的比赛你就会明白，为什么美国大学的学生们能够成为一个坚不可摧的集体，为什么他们的荣辱心、上进心能够如此之重，为什么他们能有被称为“凝聚力”的魂，只要来到现场一次，你就能找到答案。

工作历练篇

新闻工作都干些啥?

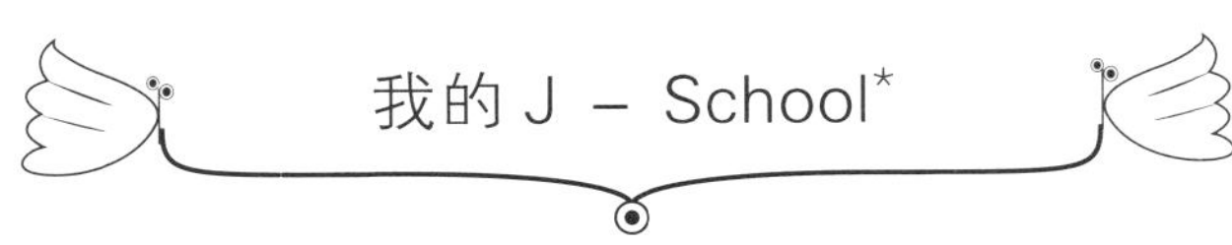

我的J－School*

前面说了那么多“旁”的，毕竟我是新闻系的学生，也该进入正题了。其实本科在美国纯学广播电视的中国留学生并不多，无论是我上学的那个时代，还是现在，都是如此。大部分的中国学生如果是在新闻系下面的话，多半会选择市场、广告、融媒体相关的专业方向，这些相对“好学”，不像广播电视，对一个学生的体力、脑力、忍耐力、毅力等都有极为“苛刻”的要求。

要说起我们学校的新闻系，在世界范围内都是无人不知无人不晓。在美国，很多学校的新闻系都是隶属于文理学院下面的。但我们学校的新闻系自成一个学院，就像法学院里只有学法的，医学院里只有学医的一样，我们院里只有学新闻的。

这里是很多人心目中新闻本科全美排名第一的地方，

---

*J-School，大家对密苏里大学新闻学院的特定称呼。

也是全世界第一所新闻学院诞生的地方，建立时间为1908年，由大名鼎鼎的“新闻教育之父”沃尔特·威廉创立。威廉博士之后亲手创作的《记者守则》(Journalist's Creed，中文译名有多种）被认为是最早成文的新闻职业道德规范，后被译成数十种语言，在世界新闻史上具有重要的地位和深远的影响。而说到威廉自己，他也被看作是中美新闻界友好交往的先驱者。他多次访问中国，据说当时留美学习新闻专业并回国从事新闻工作的中国人都受过他的影响。我们的知名校友真是数不胜数，美国本土的大咖们我就不多说了，唯一想提的是布拉德·皮特，我最喜欢的好莱坞男演员。你可知，这位世界级万人迷也是我们新闻系的学长？只可惜他选择在毕业前离开学校，踏上人生的新征程了。而说到中国校友，那也真算得上是豪华阵容，其中有很多是中国早期新闻教育、新闻报道的

密苏里大学新闻学院创立者
沃尔特·威廉（左）
（©2018 密苏里大学董事会 版权所有）

国民政府1931年向密苏里大学新闻学院赠送石狮子（©2018 密苏里大学董事会 版权所有）

早期在新闻编辑室里工作的新闻学院学生（©2018 密苏里大学董事会 版权所有）

奠基人。中国早期的两个新闻系，上海圣约翰大学报学系（也有记载称新闻系或新闻专业）和燕京大学新闻系也都获得过密苏里大学新闻学院的帮扶。而说到我们学校新闻学院与中国的渊源，还有两件事得拿出来说说。一个是我们学院里摆放着的一对石狮子，它们是一道相当有“中国特色”的风景。它们的来历可不简单，是国民政府于 1931 年赠送给密苏里大学新闻学院的。另外一件则是围绕密苏里大学新闻学院出身、美国著名记者埃德加·斯诺的故事。据记载，他不但在中日战争时期深入中国进行报道，还曾采访过多位红军领袖，是让红军长征壮举传遍并震撼了世界的西方记者第一人，著有著名的报道性作品《红星照耀中国》。

这样的故事实在是讲也讲不完，而学院和中国的交情也从没间断过。我想，当包括我在内的中国留学生站在密苏里大学新闻学院的土地上的时候，真的有点儿回家的亲切感，毕竟这里发生过那么多与我们祖辈相关的故事。说实话，当我了解到这些渊源历史时，我真的有点儿震惊，想象着当时的很多场景，我对学校新闻学院的好感度瞬间犹如坐火箭般飙升了上去。

除了历史正统、“出身高贵”之外，新闻学院的设施也是齐全专业，简直可以说是高端大气上档次。就拿我们专业方向来说吧，使用的编辑系统是成本颇高、基本在较大专业电视台才会采用的 Avid 系统。我曾经和一些在美国其他学校新闻系上学的学生交流过，他们所使用的编辑系

新闻学院一景（©2018 密苏里大学董事会 版权所有）

统都达不到这样的配置，但我们学校从最初接触编辑开始就使用 Avid，充分给予学生们一流而又专业的学习、锻炼机会。

进了我们学院的学生可能会听到这样一个传言。虽说每年往我们专业方向涌进的学生是不少，但四年以后这些学生里真的通过此专业方向拿到新闻学士学位毕业的，却可能要比最初的人数有所减少。不仅有学生往别的系跑，还有一些情况是：大三的时候，某人选择的还是我们专业方向，等到拿到毕业证书时，虽说还是新闻学士学位的证书，但是却是通过另外一个专业方向拿到的。说实话，此新闻学士学位证书非彼新闻学士学位证书。

很多学生都是心中怀揣着美好愿景走进我们系大楼，

并且选择我们广播电视专业方向的，但是在被严重地“摧残”后，想转去别的方向的转去了别的方向，想中途逃离去别的系的就直接和我们挥手拜拜了。所以想在我们系，尤其是我们方向生存下来的战士们，竞争压力之大，难度之高可想而知。坚持不下来并不奇怪，有人累得精神“崩溃”，有的人则是第二天上课黑眼圈都可以直接掉地上了。总而言之，新闻系在我们学校绝对算是最拼命三郎系了。

不过，吃再多苦，忍再多累都是值得的，因为回报也是大大的。首先，从我们系出来的大三学生想找到个好的实习机会，虽然不能说是易如反掌，但是相比起很多其他学校同一个系的大三学生还是相当有竞争力的，因为我们的实战能力可不是一般学校初出茅庐的学生能比得了的。其次，到了大四，很多大公司、大电视台都会先到我们学校来挑人。用他们的话说，这里的品质他们信得过。有多少主流媒体的高管们是从我们学校毕业的？数数你就知道我们学校的厉害了。再看看近几年的数据你就更心知肚明了。在美国，虽说有的顶级知名主持人或记者的年薪可以达到千万美元，但是对于刚入行的菜鸟们，新闻行业的底薪与很多其他行业比起来可谓是低之又低。不过我们学校这个专业的大部分毕业生不但对找到工作充满着自信，而且混得好的很多。所以，这就是事实，这就是实力。正所谓一分耕耘，一分收获，说的就是我们！

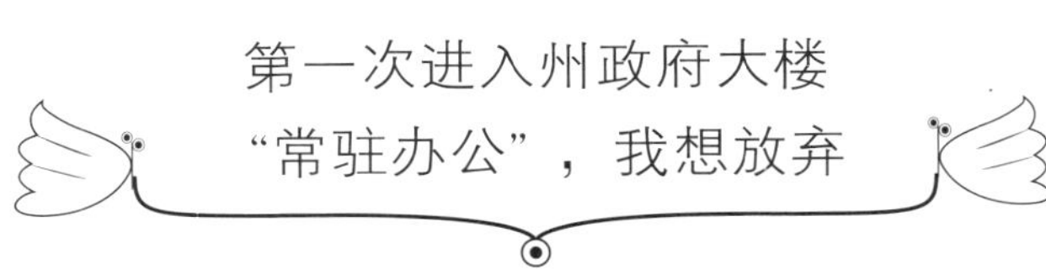

第一次进入州政府大楼“常驻办公”，我想放弃

在大三第一门专业课上，我们不仅需要完成课上的作业，慢慢熟悉各种器材设备和编辑程序，开始学习新闻报道模式和写作技巧，还要选择一个课外附加作业。而这，一度成为了我整个学期最头痛、最打击我积极性的事情。附加课题有两个选择：要么去当地的电台学习电台新闻报道，完成规定的几个报道作业；要么选择去州政府大楼的新闻机构中心，专门报道与政府、财政、教育等相关的新闻，写成文稿并编辑成电台新闻稿，当天采访、当天撰写、当天编辑、当天录音入库。这些报道不但会在新闻机构中心的网站上刊登，也会成为当地区域不同媒体的新闻素材。这个机构叫密苏里数字新闻，也是临近城市圣路易斯的美国哥伦比亚广播公司（CBS）关联电台在密苏里州政府的新闻中心，创建者是我们学校的一位非常传奇的老先生。

从难度来看，后者要艰苦得多。首先是作业量大。相比起前者只要完成数篇报道的强度来看，去州政府需要每周去两次，而且从上午工作到晚上。一天一篇报道，甚至两篇，绝对不是轻轻松松的活儿。

一开始选择的时候，我根本没想这么多。可能更想证明自己的勇气和愿意努力的决心，我毅然决然地选择了后者，那时我很为自己骄傲，而且告诉自己：能有多难？自己肯定没问题。在州政府里工作，你能和很多你平时根本接触不到的人物打交道，经常会有采访州议员甚至州长这类大人物的机会，也可以经常参加州政府的会议，了解州政府运行的机制、政策是如何讨论制定下来的，还能接触当下最流行的热点话题，做出来的新闻含金量也高，是个非常好的锻炼机会。出发点是那么美好，既然想要融入当地社会，人家的体制和国情怎么能不熟悉？这个机会不正是再好不过的了吗？我这样想着，便开启了远超乎我想象的、艰难困苦的新生活。

我太高估了自己的适应能力，对于突如其来的高强度工作，焦头烂额，不但跟不上出新闻的速度，总是被学长学姐骂，经常不能按时完成工作，需要另外加班来完成，而且与政治人物打起交道来，我显然还太嫩了。可想而知，毕竟他们都是当地的大人物，对我这样一个“小孩儿”，怎么会放在眼里呢？在还不太会“说服”别人接受采访的那段时间里，我可是在约采上经常碰钉子，非常有挫败感。再加上学校课业负担比较重，经常没时间休息，所以在刚开始的日子里，每次在开车去州政府的路上，我都有打瞌睡的情况，现在回想起来真是相当危险。有时真的是睡着了，车胎都压到了高速公路边上的警示线，发出刺啦刺啦的响声我才突然从睡梦中惊醒，慌忙调整姿势和方向盘，强打起精神回到马路中央。而我的第一张超速罚单也是那个时候收到的。有一天，因为起晚了，于是我就在路上风驰电掣般地赶时间，没过多久，警车就过来向我“挥手致意”了。虽然我态度诚恳，道歉及时，但还是没能免掉我的第一张罚单。警察当时说已经盯我很久了，本来我一开始超速了一会儿便减速慢了下来，他就想既往不咎，放我一条“生路”的，结果没想到随后我又加速了，看来是不给点儿教训就不会改邪归正了，于是罚单就从天而降了。

回到正题。起初，因为我的报道工作总是完成得不好，而且新闻稿写完之后还要录音入库以备圣路易斯以及其他地方的各类新闻机构随时使用，所以我每次录音的时候都很紧张，发挥得更不理想了。在多重压力下，有一段时间，我变得相当厌恶自己的生活状况。

我开始变得很消极，极度地否定自己。以前面对工作学习，我总是充满干劲，每一次的成长和锻炼我都百分之百努力做到最好。我喜欢那份执着，也热衷于工作学习带给我的充实感和满足感。可这一次，我突然发现，我其实很胆小也很幼稚。我终于明白，我之前能够很好地完成每一件事情是因为它们都在我的能力范围之内，是我能驾驭的。而我以前所表现出的热情让我误以为我一直是一个面

经验之谈

1. 在美国遵守交通规则是必须的，当然在哪里都一样。而超速是各个地方都抓得很严的犯规，千万不要挑战。除非你能随时观察周围，保证没有警车（一般他们都会“潜伏”起来，一旦发现超速车辆就会迅速追上去进行拦截）。即使是在你眼中也许不值得一提的超速，只要被抓到，也是有可能要上法庭的，不但罚钱，而且还会留下记录，车的保险费用也会跟着上涨。

2. 如果被警车拦截，无论什么原因，都不要下车，原地不动，等待警察敲车窗，按照他们的指示行动就可以了。在美国，一旦轻举妄动，很容易被视为反抗行为，警察可都是携带枪支的，不要贸然行动，免得惹祸上身。

对什么事情都会全力以赴、迎难而上、克服一切阻碍的人。这一次“灾难”来临的时候我才意识到，原来当我面对自己不擅长的事情时，我是那么不堪一击，像个缩头乌龟。

我知道自己不行，所以开始害怕起来，每天都算日子过活。我开始变了，只要一到需要去州政府上班的日子，我便讨厌从睡梦中醒来，讨厌起床、穿衣服、化妆、下楼、开车，然后去上班。一看到州政府的大楼越来越近了，我的心也就越来越不安了。我甚至只想躲在家里，什么都不想，什么都不干。出家门变成了一个不可能完成的任务。我很困惑。一直以来，在工作上得到的“所谓的”满足感是让我前进的动力，但是这次我感觉到了情绪上的变化，我丢弃了以前我一直引以为傲的东西。如果是不去上班的日子，我好像就瞬间轻松了很多，长舒一口气，“享受”着暂时的安全感，但又提心吊胆地担忧着下一个工作日的到来。我非常明白，自己的状态很糟糕。

也许是自己的不足和与美国本土学生的差距让我感到了胆怯。而在那些赤裸裸的差距的表象下，我更是变得胆小懦弱。是呀，其实我知道这个专业注定会让我在最初甚至之后所有的日子里都感到痛苦。有些瓶颈想要迈过去是很难的，是我太天真吗？那段时间我总是反问自己这个问题。我为什么来美国读新闻？为什么选择了这样一个对我们外籍学生如此“不公平”的专业？我在挑战什么？我是不是太盲目了？我是不是在最开始就做出了错误的选择？

我是不是连来美国都是错的？我的未来在哪里？问题排山倒海般地涌入心头，我的思绪如一团乱麻，想要松绑都无从下手。

为什么很多美国本土的大学毕业生很快就能很好地适应他们的第一份工作？那是因为他们在大学时代就得到了万全的锻炼。无论在我们当地的电视台、电台，抑或是我现在所处的州政府新闻中心，只要你选择走进来成为一名“上班族”，你也就成为了一位名副其实的新闻从业者。这些地方可不管你是不是大学生，或是初出茅庐、乳臭未干的小毛孩，一点儿不比对一个专业新闻工作者的要求低，你占着这个位置，你就得值这个价值，这就是生存法则。

在这种残酷的现实面前，我最终选择的是——给我的妈妈拨通电话。

我印象很深，当时我在学校的走廊里徘徊，和妈妈说着我的感受和状态。从小到大，每当我遇到“困境”的时候，妈妈总是平和地开导我、鼓励我。或许那时候我就是很需要这样的肯定和支持吧。我告诉她我突然不知道自己喜欢什么、想做什么了，我不知道要怎么办，我也不知道我选择的专业到底对不对，我很迷茫，也很气馁。

妈妈好像对我的“控诉”并不感到意外，或许是她太了解我，也或许是我的这点“小骚动”在她眼里根本就算不上什么。还是一如既往地淡定和语重心长，她对我说，我当时的情绪她很能理解。差距一定是有的，也一定很大。

但重要的是别因为别人的步调弄乱自己的步伐，和别人比较都是不明智的，和自己比较才是最重要的。有一点一定要记住：做事不能过于着急，即使你觉得你做不到。一定要相信自己，如果自己都开始否定自己，那还怎么前进呢？要坚信，当未来的某一天再回首时，眼下的一切困难都会变得渺小。

说也奇怪，我从小到大只要听了妈妈的“箴言”，心里都会有一种拨云见日的感觉，这次也不例外。也许话语很简单，但是从妈妈嘴里说出来，我的心里就总会涌出一股强大的暖流，温暖着我的心灵。可能在我内心深处，妈妈的话总是那么有力量，支撑着我，无论何时都会令我毫不犹豫地相信，而且是一个能够帮助我走出困境的锦囊。记得高中去美国交流的时候也发生过让自己一时间很崩溃的事情，妈妈的一句“解决问题的方法总比问题本身多”就成为了我的救命稻草。我知道这么多年来，妈妈努力在我们之间建立起来的相互信赖一直支撑着我向前前进，这是我妈妈最强大的地方，她给予了我从“相信”到“坚信”的力量。那次通话之后，慢慢地，我开始走出阴影，学会静下来，学会寻求转变，并着手改善自己的工作状况。我想我是在学会坦诚面对，学会接受现实，然后再去扭转局面。

现在想想，那段时间我的精神很脆弱，总爱发脾气，而无论是我的家人还是身边的朋友都在忍让着我、疼爱着我，我真的需要谢谢他们，因为他们给我走出这段阴霾提供了强大的力量。

我开始勇敢面对，接受这么“差劲”的自己。我开始不懂就问前辈，多看多写，尽量快地完成稿子。我不怕落后，不怕被别人说，我只要求每天都比前一天好一点儿，每天都改掉一个过去的小问题。慢慢地，我也开始学会并敢于和政要们建立起良好的沟通关系。从前辈那里，从新闻中心的负责人、那位老先生那里讨教取经，记录下来采访嘉宾的喜好以及应该如何去跟他们沟通和争取采访机会，而这些小小的提示一直到现在还在帮助着我攻克一道道约采嘉宾时遇到的难关。我很感激那段经历，它让我相信，时间与经历的积累会让一个人充满能量，当时害怕的很多东西已经转变成一种种能力储存在了自己的身体力，需要时，便可以随时抽出来使用。

我同时也花大量的时间去学会抓住当天的重点事件，学会去适应这个国家的文化与国情。我开始有了进步，效率也越来越高。虽然有时跟踪会议拖沓的时间总是很长，六七个小时下来，除了唇枪舌战，一点儿实质内容都没有，但我还是尽可能地享受着我的工作，慢慢找回快乐的感觉。

其实我觉得自己并不是突然一夜之间在能力上有了什么突飞猛进，让我重新站起来向前走的是我主观意识上的改变，是我自己真的愿意主动地去改善我的现状，是我的态度摆正了，我自己看开了。

后来就做得得心应手了，有时候一天甚至可以做两条新闻。说实话我觉得一开始“大胆”选择这样的体验还是是选对了，小小年纪就有机会接触到这么多州政府政要，还亲眼目睹过州长的风采，对于那时只有二十出头的我来说真是莫大的锻炼。视野一下子开阔了，对我之后在当地电视台的工作也起到了巨大的帮助。每当我需要找州政府官员接受采访时，我总是能够很快地找到他们，因为很多人都是我曾经的采访对象，我们已经混熟了，连他们的手机号我都有了。

许多人的败北只是在“坚持”这座高墙面前跪倒了而已，没能闯关成功。开头总是艰难的，但是只要肯坚持下去，结果却总是美好的。这句话真的是一句真理。那个学期的实践学分我拿到了 A，对我而言，这个 A 沉甸甸的，与获得历史课上的 A^{+} 和其他学科的 A 时的感觉十分不同。因为我所学到的，远远超过了这个简单的英文字母能带给我的感受，回想着那间充满喜怒哀乐的办公室，我这辈子都难以忘怀。

经验之谈

1. 适应往往是最难的，尤其对于一个“外来人种”。而学会适应又是你躲不开的人生课程，所以，一不要急功近利，二要掌握节奏，三就是保持自信，对自己的认可往往是你精神倒塌前的最后一道防线。

2. 别“小看”父母，也别幼稚地认为出国就能逃开父母的“魔掌”，从此是依靠自己的力量闯出了一片天。那句大人经常教育我们的话怎么说来着：我过的桥比你走过的路还多。这真的是句真理。父母总是爱着急，总是爱“矫枉过正”，但那也是一种爱的方式，虽然可能有不合理的时候，但本质没错，现在的我已经懂得了这个道理。一个人在外，该寻求帮助的时候就该学会向他人请教，而此时最合适的人选真的就是自己的父母。因为他们对你最有耐心，他们比别人都了解你，而且“姜还是老的辣”，这一点到哪里都适用。

3. 孤身在外，找到一个适用于自己的发泄渠道是非常重要的。任何人的承受能力都是有限的，圣人也一样。要有一个信仰，要有一根在你最脆弱的时候，你确定能抓住并且能帮上忙的救命稻草。不要自作聪明，也不要妄自菲薄。

第一次进入美国电视台工作

我毕竟是学广播电视的，本身的志向也是在电视这一块。在经历了差不多两年的各种经历后，我终于要真真正正地接触电视新闻工作了。

我在大三一开学的时候就找机会进入了我们学校自己所有并且管理运营的商业电视台 KOMU 8*，这是美国全国广播公司（NBC）在密苏里州中部的关联电视台。简单解释就是，虽然有美国全国广播公司的标志，一些节目是由美国全国广播公司提供（另外部分节目是由 KOMU 8 自己制作播出的），但是电视台并不由美国全国广播公司来运营，毕竟所有者和经营者是我们学校嘛。事实上，由学校所有并管理一个商业电视台是一件非常了不得的事情，是很稀有的！当初选这个学校的最主要原因就是看中了这一

---

*KOMU 8，文中所指电视台的英文名字。美国各地的电视台或电台通常都会有一个由英文和数字组成的名称。

点。这也是我们学校广播电视专业的学生实力强劲的的一个主要原因，因为我们在毕业之前都已经在这里经历过了一轮洗礼，练就了十八般武艺。我们毕业后的第一份工作其实已经算是第二份工作了。因此完全不再是新手的我们，在新晋毕业生扎堆的职场中就自然而然地充满了自信。

在这里，大部分编辑、记者以及部分主持人等都是由在校学生担任的。在这间新闻编辑室（newsroom）里，学生可以“自由”学到你想学到的一切，并且靠能力一步步往上爬，去争取主播或是制作人的位置。尽管这里是学生们的“实践课堂”，但是完成课程后，如果你想继续留下来当一个“员工”，成为新闻中心真正的一分子，长期担任一个重要岗位，那可就要有两把刷子了。虽然各个位置是通过自荐方式上报给新闻中心主任的，一个学期更换一次，但位置最后的分配都是由主任筛选决定的，所以谁能入得了他老人家的法眼可以说是一目了然。当然，对于不需要出镜、不用剪长片子、没有太大含金量或重要性的活儿来说，主任总是愿意把这些机会给那些他认为积极肯干并且努力付出的新手，即便这些新手在一开始表现得有些笨拙，悟性并不好，他也愿意让他们多去锻炼。他常说：态度能决定一切。比起所谓的天赋，他更相信持之以恒的努力和对工作始终如一的热情。我们老板是个十分强悍的人，掌控着新闻中心的一切，永远是那么有条不紊。遇到任何问题他似乎都能很好地化解，没有他回答不了的问题，没有他不知道的事情，此外，他还是个绝对的技术通。有他在，我们什么都不怕，只管放手干。我很高兴自己的第一个老板是他——严格却很贴心，既能挖掘一个人的潜力，又能帮助这个人建立信心。我只能说，我真的很敬佩他。

在这间新闻编辑室里，我是从最基础、最简单的工作开始一点一点做起的。我的第一个工作是各种班儿里面最简单的，连采访同期都不用加，就是给每天的新闻节目拍一些小短片，一般都是软性的，比如节日庆典活动、特色演出什么的，或者是去拍一些市里面的会议。这条片子编辑出来差不多有二十多秒，再添上几句主持人要说的话（国内管这种播出形式叫口画），通常会放在节目的结尾。当然，也会有拍重要新闻的时候，这时，单纯的口画形式就有可能会升级，一般会在主持人口画的中间加个采访同期（英文中管这种处理方式叫 VOSOTVO）。由于新闻的分量增加了，播出的位置一般也会大幅提前到节目的前半程。不过这样的工作是在我熟练做好前面所说的第一份工作之后的事情了。

我最初的班次是每周一次，主要给晚间新闻做片子。工作日当天通常是下午五六点开会，决定好要拍的东西后，就要立刻拿上设备，开车去取材，再回来写稿子、剪片子，最后审片通过等待上线播出。一般我都是给晚上十点的新闻节目做这条片子，所以时间还是比较充裕的，当然说这话是对于现在的自己。回想起那个时候第一次上班的窘境，真是可以用不堪回首来形容。

现在再去做的话，如果还是下午五六点开会，那基本上八点半到九点我就能在台里喝着咖啡无事可做了。这么看来，用三四个小时完成开短会、认领任务、现场取材、回到台里写稿子、剪片子，真还是挺厉害的，这也可见这条片子的内容真的很好处理。在现场拍摄如果顺利的话，用不了十五分钟就应该拍得差不多了，毕竟只是剪二十多秒的小短片，又通常是比较软性的内容。可是对于那时刚刚结束大二，并且是第一次进台工作的我来说，我那天晚上十点也没能把简单的编辑做完，一直弄到十一点多，连当天晚上的晚间节目都播完了。当时我看着墙上的钟表嘀嘀嗒嗒地走着，紧张着急得就差掐断我这两条大腿了，汗一直吧嗒吧嗒地流着，一点儿也不夸张。我在想：你这个没用的东西，第一天上班就想让老板轰回家，永远不想再见到你是不是！

我当然没能赶上播出时间。当我不得不对我的上司伊丽莎白（Elizabeth）难以启齿地说了自己的情况时，出乎我的意料，她笑了笑看着我说："不着急，没关系。你是第一次吧，那很正常，别太担心。凡事总有个过程，以后熟练了就很快了。你把你做的东西存好，明早留给晨间新闻用吧。辛苦了。"直到现在，我还能记起当时她淡定从容的表情和非常温柔的眼神，好像一切都在她的掌握中，她已经事先做好了一切安排一样。我觉得有能力的人大概就

KOMU 8 新闻编辑室一景

我在新闻编辑室忙碌中

KOMU 8 的导播间

是这样的吧，对于一切可能的结果都有自己的预估，会根据现场不同的情况进行部署和调配，没有什么是意外发生的，一切都在自己的算盘内，不过就是不同的展现方式而已。我真的很感激她的体贴和理解，也很感谢她的处理方式，我想她一定是注意到了我的不安和害怕，既不想让我觉得自己做的工作是没派上用场的，也不想击垮一个新人的积极性，而说到留给晨间新闻用的时候，那份坚定的态度又好像在提醒我，你做的工作是要在节目里播出的，不是做着玩的，要进行反思。

我把东西存好离开台里的时候，大家几乎都走了。看着空旷安静的办公室我默默地走了出去。当时的我下定决心，以后一定要今日事今日毕，工作准时准点做好。后来，我也确实兑现了自己在心里许下的这个承诺，那是我唯一一次在岗位上没能按时把工作完成。而经历了这样的第一次，我的电视新闻工作也就正式拉开了序幕。我与这间平时热闹繁忙的办公室也展开了整整两年的情缘，这其中充满着喜怒哀乐，还有每一点成长的痕迹。

锻炼成为一个“女汉子”

美国新闻工作者的综合素质其实是在长期的磨炼中锻炼出来的。因为要高效，要节省资源，这里的记者基本都是全能型选手，每个女孩儿都拥有“女汉子”的决心和体魄，并且能身兼数职。关于这件事，我真的要好好说一说。如果是在市场份额比较小的电视台里，比如我们这里的 KOMU 8 吧，那么这个全能真的是无所不能。从熟悉拍摄器材、自行开车去拍摄现场、自行拍摄取材、回台写稿、配音、剪辑、推送上线，一切的一切都要自行包办，少学一样都不行。不但要习惯随身拖着放在“行李箱”里的各种器材，而且还要练就踩着高跟鞋、穿着包身裙，身轻如燕、健步如飞地在大街小巷穿梭自如的轻功本领，所以我现在非常擅长穿高跟鞋行走甚至奔跑。

刚进电视台工作的时候，我真的不太习惯那个大箱子，里面装着摄像机、机头灯、麦克风、电池、数据线等，另外还要再背一个三脚架。如果是要做现场直播连线的话，有时在没有直播车跟着的情况下，你还要再负重一个简易现场直播连线装置（backpack）。只要是出去跑新闻，这些全要一个人拎着，就算是女生也一样。说到这里，我要先插一句。大家也许看我的描述会有一个疑问，这么说来，这每次去拍摄现场都是自己开车喽？没错！不但没有摄像老师陪伴左右，而且没有什么所谓的打车一说，我们台里有一众印有台标的公用自驾车。每次有报道任务，我们都是把自己的车开到单位，然后再换台里的车大摇大摆出去报道。最初，我把大大小小的拍摄器材搬进车后备箱要花费十分钟，而且是用“连踢带踹”的方式才能勉强把它们扔上去。如果是夏天，还没等开上车，我就已经满头大汗了。上车后，我直接就把高跟鞋一脱，有时甚至赤裸着脚开车上路，管它优雅不优雅，舒服是第一位的！可能这些事情听起来有些不可思议，不过在KOMU 8，我们就是这样操作的！我们一个人就是一个团体，负责一个报道前前后后的所有工作，完全的一体化、独立制。当然每个电视台都有自己的情况，要根据自身电视台的大小、经费多少、人员配备情况来做安排，而摄像在美国也绝对是个极其普遍存在的工种。只是我们台算是美国“采编播一体化”下，近乎极端中的极端案例吧。但也正是因为这样一个极端世界练就了大家的卓越能力，让大家再去哪里都能轻松完成各种工作，得到认可。想想，我是在这样一个地方锻炼过的，实在令人庆幸。即使到了今天，我觉得自己六七年前在 KOMU 8 的经历也绝不过时，甚至仍然是极为先进的，还有很多学到的本领没有派上过用场。我很怀念那段经历，因为那段时光让我获得了最初对电视行业的热情和忠诚，也让我看到了一个五彩斑斓的世界，我还在为追求那样一个美丽的世界而努力着。

感慨有点儿太多了，让我们先回到现实状况。经过了一段“连滚带爬”的光辉岁月后，我终于能够体会，为什么刚进台的时候会有人跟我说，这里就是锻炼肌肉的地方。后期，我已经能够优雅自如地穿着高跟鞋，拖着机器到处跑，到处颠，能够做到扛着我的家伙们在各种场合窜来窜去。而且我觉得我的臂力已经锻炼得相当不错。无论是刮风下

KOMU 8 的小汽车

雨，还是行走于各种泥泞的地方，我都能和我的机器设备形影不离，患难与共。

要说这其中印象比较深的小故事，我能马上想到两个。第一个，还是我在台里很早期时候的事情。记得有一次去市中心拍摄一个音乐会，因为是晚上高峰时段，目的地又在市中心交通最容易拥堵的一条街上，到了现场，我根本没地方停车。绕着附近转了无数圈，寻觅了无数遍，眼看着音乐会就要开始了，我也没辙了，就把车子停在了离音乐厅很远的地方。在去的路上，就飘起了小雨，虽然不大，但也算是密密麻麻的，浇得你浑身不舒服的那种。但我找不到近的停车位又能怎么办呢？所以淋雨肯定是在所难免的了。停好车后，我麻利地下车去搬后备箱的各种机器，然后一鼓作气，带上它们就在雨中小碎步快走。真不知道当时我的心态为什么能那么好，相当游刃有余地就穿过了好几条小巷子，其中还遇到一条陡坡和坑坑洼洼满是石头子的小道儿。我穿着高跟鞋、紧身套装，“不慌不忙”地逼近着我的目的地。等到了音乐厅，我看了看表，正好赶上开演时间。于是我立刻架好机器，连抖抖身上的雨滴、整理整理已经有些湿漉漉的头发都没顾得上，便开始“享受”起美妙的音乐，干我该干的活儿。我当时真的有一种在千锤百炼后，已然泰然自若的情感，一点儿都不夸张。

更有一次，在我已经成为出镜记者之后，我被分配去报道政府正在筹划翻新的公共项目。那天正赶上瓢泼大雨，

对，还是跟雨有关。没有什么比在大雨大雪的状况下工作更有戏剧性的了。雨夹杂着狂风，简直是势不可当，就快要把还没经过翻修的公共设施给连根拔起直接吹塌了。虽然这种极端天气对于我的新闻报道是件好事，因为我正好拍摄到了旧设施的墙壁因腐朽不堪而漏雨掉灰的精彩画面，以更好地证明这个翻修新建的决策是多么必要和及时。但是另一方面，我的拍摄机器差点儿也被雨水淹没了。记得刚进台的时候，我们主任就教导过我们："对于新闻工作者来说，机器就是生命。我可不管你们挨不挨淋、冻没冻僵。在极端恶劣的天气情况下，要把保护机器时刻放在第一位。所以出门前看天气预报是必须的，如果预报了大雨或是其他恶劣天气，该带保护罩的就都给我带上，要是淋湿损坏了机器，你们就等着被开除吧。"

哎，所以说不听老人言吃亏在眼前。那天我偷懒，觉得雷阵雨应该下不了多大一会儿，就"自作主张"地没带保护罩。这不，到了现场，拍到半截，随着雨势越来越大，我开始越发地后悔自己的"自作聪明"。为了保住我的工作，保护我的机器，我果断地把身上的西装脱下来，迅速盖在了摄像机上，把机身护好，把镜头罩好。而自己呢？因为那附近没有什么能够避雨的地方（那个公共设施老旧得自身难保，就更别指望它能帮我遮风挡雨了），我也就"将错就错"，不等雨停了，直接站在前不着村后不着店的空地上淋着瓢泼大雨出起镜来。那个画面你真的可以好好想象一下，我几次都差点儿把自己呛着，NG了好多次，战线拉得那是相当长。因为雨水一直打进我的眼睛里、嘴里，那种遭殃成落汤鸡的场面我至今都无法忘怀，简直就是叫天天不灵，叫地地不应。好在拍摄的画面还是很给力的，我也就至少得到了一丝安慰。

不过，也正是经历了这样那样各种的锻炼与磨砺，跨过了这样那样各种的荆棘和坎坷，收获了这样那样各种的知识和财富，我开始深信不疑：来到美国这所大学学习新闻专业，绝对是我人生中最为明智的决定！

在 KOMU 8 工作的日子

第一次做小主播

从编辑到记者再到出镜记者，我一步步地在这个电视台里向前迈进着。做一篇完整的报道和仅仅为二十秒的片子剪点儿画面、配上两句稿子是截然不同的。要求变高了，视角变化了，体验也完全不一样了。当我扛着机器在某个现场来回奔波时，当我风尘仆仆地跑回台里、为了赶上播出时间努力剪辑片子时，当我为写出精练的新闻稿而努力斟酌适当的字句时，我觉得自己更多了一份播出的责任，还有对挖掘新闻真相的一份忠诚。

也许，刚开始做的那几篇报道现在来看的话，是很不完美的。但是回想起来，那些最初的尝试却是弥足珍贵的。因为通过那几篇新闻报道，我第一次懂得电视采访需要哪些技巧，不同的故事应该如何去选择被采访人物，而整篇报道的新闻中心人物又应该如何在可能只有两分钟、甚至不到两分钟的报道时间里去展现。我也更加锻炼了拍摄的技巧、画面的掌控，慢慢提升了自己剪片子的技术，懂得如何将不同的画面拼凑起来以达到最好的视觉效果。当然还有很多细节的处理，比如自然声的运用以及一些特殊效果的使用。

时间过得很快，我的工作也做得越来越得心应手。我开始想要寻求更大的舞台，我希望自己能够在有限的留学时间里学到更多的东西，我开始“窥探”起直播间来，立在正中央的那张被满屋聚光灯照射的桌子和摆在它后面的那把椅子。对，我开始想象：也许，我也能够坐在那里，完成更多我还没有尝试过的工作。我相信，一切皆有可能。

有了这样的想法以后，我便开始了解起台里的主播制度。在我们那个电视台里，最基础的主播位置就是快报插播工作（cut-in anchor），这是在早间节目*播放间隙中，播报两分钟当地实事新闻的快报工作。一般一个早上（或上午）的播报次数不止一次。这就是起点。

也许对于美国本土学生来说，这样的开始并非什么难事。只要稍加练习，这个工作是我们班上几乎每个美国学生都可以手到擒来、驾驭得相当出色的工作。但是，我却和他们有着天壤之别。我是个外国人，是个不以英语为母语的外国人。无论这个主播位置在电视上出现的时间有多短，对我来说都是一个难以想象的挑战。

---

* 早间节目，这里指的是由美国全国广播公司提供的晨间新闻和脱口秀《今日秀》（《TODAY》）。

我了解后才得知，老板基本没有在这个位置上给外籍学生开过绿灯。应该说外籍学生申请主播位置的情况本来就不多，因为我们班上一直也没什么外籍学生。老板常说：无论播报什么新闻，首先是要让人能听懂。换句话说，无论某个观众是聚精会神地守在电视机旁看你直播，还是一边干着家务或是别的事情，只竖起一只耳朵来听你直播，你说的话都应该能够让他们轻松理解。如果大家非要死死地坐在电视机旁盯着你的嘴型才能听懂你说什么，那就不是电视播报了。这个形容挺委婉的，但也挺一针见血的。

不过，当我听到这个消息的时候，比起被沉重地打击，我反倒萌生了一种天不怕地不怕的冲劲，又不是绝对不开绿灯，咱就试试呗。于是，我还是找到了老板，硬着头皮跟他提出了自己的想法。老板当时只是笑了笑。其实，我们老板是个非常不苟言笑的老头，你几乎看不到他笑。而且他还是个能少说话就少说话的人，惜字如金。他对自己的下属虽说很严格，但同时也很乐意把自己的经验教给自己最喜欢的“孩子们”。为了能够让他记住我，对我有印象，我就总在台里多工作，多加班，多问他问题。

虽然老板不爱笑，但他其实是个非常可爱的人，很公正，而且看事情很准。就像我之前提到的，他会观察谁在工作上付出得更多，谁更不怕累不怕苦，谁是真的在努力、真的在学习。对于这样的“好”学生，他总是愿意包容他们的错误，给他们修正和改进的机会，并且尽自己所能帮助他们进步。

面对我的“请求”，他并没有马上拒绝我，而是说：我其实没有设过禁令，只是作为外籍，你的口音不能有太致命的瑕疵，只要观众听起来没有障碍，也就没什么问题，有些口音是很正常的。他停顿了一下接着说道：“这样吧，你下周来录一个样片，我听听，如果我觉得没什么大问题，我可以考虑。”

本来以为他会一口拒绝，却没想到剧情朝着我完全不知的方向发展开来。我突然变得相当紧张，因为说实话，我以为他会马上拒绝，所以做好了被拒绝的准备。现在同意我录音，我突然好像变成了无头的苍蝇，开始坐立不安。我知道这是老天赐给我的唯一的一次机会，如果错过了，给老板留下了一个我语言不过关的印象，以后再想翻身就会难上加难了。现在想想，我对当时以为自己马上会被拒绝而因此曾经有过一丝掉以轻心的想法感到很是惭愧。说不定那时候老板其实发觉了这一点，故意给我设定了这样一个挑战，无非是想看看我是否真的是个有心人。

录音的前几天，我加紧练习，祈祷着自己录音的时候能有好的表现。其实我觉得自己还是挺幸运的，因为录音前，老板给了我之前播报过的稿子，并给了我一些练习的时间。解决掉一切拿不准的词语，麻烦了半天我周围的“专业人士”，阅读了一遍又一遍，写满稿子的复印纸都被我弄得乱七八糟，皱皱巴巴。

录音的时间如约而至，我怀着忐忑的心情来到了演播室。虽然之前上课时参观过，但是真正坐到主播台上还是第一次。坐上去的那一刹那，我真的觉得自己成为了一名主播。漂亮的主播台，耀眼的聚光灯，好几台摄像机，还有故事的主人公——我。这一切都这么真实、这么让人兴奋。看着摄像老师的手势向我示意，我还来不及将眼前的景色尽收眼底，录制就真的开始了。其实短短的两分钟很快就过去了，但直到现在我也能清楚地记住当时的每一秒，因为那次经历是如此特别。现在的我，只要疲倦的时候就会闭上眼睛想想自己曾在 KOMU 8 的日子，回忆每一个小小的第一次，当然也包括这次录音，好像通过这样的回忆，我总能很快找到自己的初心一样。

拿给老板看的时候我是非常紧张的，每一句录音播出的时候，我都听得胆战心惊，目不转睛地盯着屏幕上的自己一动不动，生怕有什么大的问题。我不知道老板会说什么，也觉得其实自己似乎做得并不怎么样。不过再一次出乎意料的，老板看了一遍以后，竟然没怎么思索，就简单地抛下了一句："还可以，没什么太大问题，通过了。"那一刻，他的脸上还是一如既往地严肃和淡定，我当时简直不敢相信自己的耳朵，还追上去重复问了一遍："是说我可以做插播快报的工作了吗？"他有点儿无可奈何地回答道："对啊，想什么时候开始做？"我倒是被这突如其来的反问整懵了，反而有点儿接不上话来，虽然原本发问的一方是自己。

KOMU 8 演播室一景

我定了定神，回答道：“当然什么时候都可以，明天开始都行。”

就这样，尽管大家都说，在这个电视台里成为一名主播对外籍学生来说不太可能，但我却有点儿“莫名其妙”地顺利成为了我们电视台的一名小主播。其实现在回想起来，当时录音的表现应该真的并不怎么好，因为今天的我对于后来已经进步了很多的自己都还是很不满意。但是我总觉得老板的通过是对我的一种特别的鼓励，我能体会到老板那时的良苦用心，因为这个在别人眼里也许很小的成功对我来说却附着着某种巨大的魔力，激励着之后的我不断进取和自我突破。老板肯定也知道这一点。

得到这个机会后，我想明白了很多道理。尽管人和人之间是有差距的，但是这些都不是绝对的。没有哪件事是提前被决定好的，任何一扇门或一道窗都有可能在某种诱因下而为你敞开，任何的机会都有可能来到你身边，关键是你是否已经准备好发现它、迎接它。无论外界因素如何，决定成败和结果的最终还是你自己身上的因素。而有时候，这些因素并不一定是一下子就能表现出来的某种能力，而是一个内在的某种强烈意愿。只要你肯付出努力和辛苦，你的所想就有变为现实的可能。

138

那四年，青春模样

在 KOMU 8 担任主播时的节目播出画面

刚做主播时的各种洋相

现在回想起来，我起初做快报插播时可谓是出尽了洋相。忘词、念错都是小事了，更夸张的是，如果一紧张没跟上提字器的话，我竟然会发出“恩、啊”这样停顿的声音，简直就是惨不忍睹的血泪心酸史。现在每每看着那个时期的录像，我都会想要立刻烧毁正在播出录像的某播放器。

虽然知道那段经历是如此珍贵，但是真当自己翻出旧的“相册”去回忆的时候，眼睛还是不免眯成一条缝，不敢直视。早期的时候，有时我一紧张，眼神也会跟着左右乱跑，镜头感很差，甚至完全忘记了前面还有好几台摄像机正对着我呢。手势也变得很僵硬，两手不知道是该放桌子下面还是上面？是交叉着还是平放呢？总之在最初，我几乎没有顺溜的时候。虽然每次上主播台前都会练习很久，但是一“上台”就很容易方寸大乱。

稚嫩的声音、拙劣的演技、懵懂的眼神、横冲直撞似的表现。现在看着，会觉得那个时候自己的表现真的很粗糙，

我和 KOMU 8 的主播台

忍不住笑。不过，一个人的成长不就是伴随着很多“笑话”而最终积累成一部喜剧的吗？至少，我是这么觉得的。感谢那时我老板的包容、观众的容忍，还有自己对自己的原谅。那个时候听我播报的观众们得多么煎熬才能忍受住那个时候的我。谢谢他们没给我写投诉信，没把我从那个台子上轰下去。

最初，老板总是抽出时间在我每次播报后仔细观看一遍回放，给我一点一点地分析和纠错。其实我们老板很忙，平时找他都挺难的，但是当我问他能不能帮我一把的时候他却欣然同意了。我在想，他之所以选择帮助我，是不是因为他相信我能够好好地去对待我的工作呢？在老板潜移默化、从没间断的帮助下，我慢慢学会了有目的的强调、清楚的咬字和稍显自然的肢体语言。他一定把一切都看在眼里，虽然我起步比别人差，但是他肯定了我的用心和真诚，肯定了我的态度。所以他也愿意不辞辛苦地对我进行辅导，帮助我渐渐成长为一个能够让大家听懂的播报员。

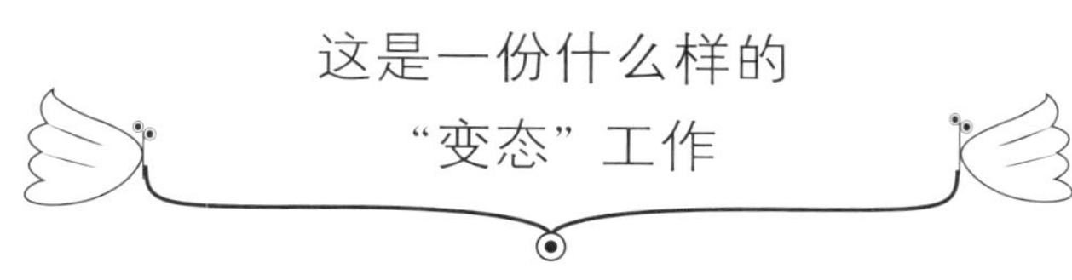

这是一份什么样的“变态”工作

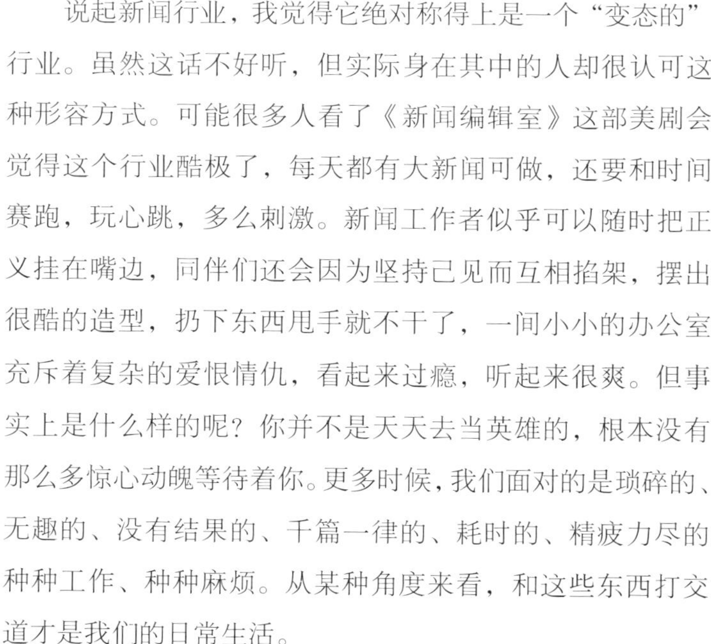

说起新闻行业，我觉得它绝对称得上是一个“变态的”行业。虽然这话不好听，但实际身在其中的人却很认可这种形容方式。可能很多人看了《新闻编辑室》这部美剧会觉得这个行业酷极了，每天都有大新闻可做，还要和时间赛跑，玩心跳，多么刺激。新闻工作者似乎可以随时把正义挂在嘴边，同伴们还会因为坚持己见而互相掐架，摆出很酷的造型，扔下东西甩手就不干了，一间小小的办公室充斥着复杂的爱恨情仇，看起来过瘾，听起来很爽。但事实上是什么样的呢？你并不是天天去当英雄的，根本没有那么多惊心动魄等待着你。更多时候，我们面对的是琐碎的、无趣的、没有结果的、千篇一律的、耗时的、精疲力尽的种种工作、种种麻烦。从某种角度来看，和这些东西打交道才是我们的日常生活。

在做快报插播的那段时间里，我觉得自己的身体被糟蹋得够呛。翻看以前的视频，我工作的时间主要集中在早上七点半到九点半。而插播的形式基本上是每半小时一次，不过不一定是一个主播完成这所有的播报工作。那段时间里，我总是觉得睡眠不足。只要是工作日，基本上的流程就是，艰难地起床，伴随着哈欠画上浓重的妆，再踩着高跟鞋，穿上“工作服”，踏上前往台里的旅程。如果是夏天一切都还好，但在冬天的时候，这种境况简直糟糕透了。出门的时候，我是又冷又困，身体简直蜷缩成了一个球。不过我还是更佩服做我们KOMU 8自制的晨间新闻栏目的同人们。我们晨间新闻的播出在早间节目之前，是从凌晨四点半就开始的。四点半？对，你没听错，是不是立刻觉得我需要早起的程度和他们比起来简直就是小巫见大巫？无论遇上何种天气，我们都是风雨无阻，没有任何外力能够阻止我们前往办公室开始一天的工作，没有任何事情能成为我们请假或是迟到的理由，除非你真的病到需要立刻就医的地步。在我们的办公室里，带病上阵的记者和主播有的是，这便是我们所说的职业素养。

每次走下主播台时，我的身体就像瞬间被掏空一般，感觉灵魂就要在下一秒出窍了。精神恍惚地收拾好一切后，往往都已经快中午了。如果赶上接下来有课，我连卸妆的时间都没有，或者说我是真的懒得卸了。那个浓妆挂在脸上几个小时之后，从各个角度看都挺吓人的，再加上我的疲态，一进班里我就恨不得钻到最后一排的角落里，一是不想抬头见人，二是也方便我上课打盹儿。即使没有课，我回到家也极有可能直接一头倒在床上长睡不起，任凭化妆品内的化学物质侵蚀着我的皮肤。我的脑子里只有一句话，“谁敢叫醒我，我就跟谁急”。然后满足地死死地睡去。

每当期末的时候，学生记者和主播总是非常忙碌，在我们的特定邮箱群里，往来的邮件扑天盖地地“攻陷”了我们的邮箱。每封邮件的措辞几乎都是一样的：我因为下周期末一天有好几门考试，我真的需要大量的复习时间，拜托哪位好心人能在某天某时段替我把工作完成，我一定重谢，请你吃饭，请你喝咖啡，只要你能帮我，你就是我的救星。

值得一提的是，我去的那几年赶上过我们州的冬天连降暴雪，学校有时不得不“关门歇业”。大家全部在家中取暖，很少在外面瞎晃荡，以防遇到危险。而说到危险，那真是毫不夸张。我就曾经在大雪天里坐车，遭遇车身一百八十度打滑，直接摔进路旁甚是陡峭的坡道里，车子完全属于半悬浮状态，情况可谓是相当危险。暴雪下过之后，不太接近大路并且有陡坡的小区容易积攒很厚很厚的雪，厚到你踩进去再想出来都得费半天劲。如果车子停在家门口的话，雪会完全堵住车子前进的道路。而且当雪变成冰以后，想要让车子出来就更是难上加难了。所以在大雪漫天的日子里，我们必须做好迎着大雪、整装待发，拿着铲子出来给车清路的准备。

如果赶上在这个时候当班，那真是有一种“中头奖”的感觉，虽然这一听就是一个极大的反话。我的“运气”一向很好，所以肯定躲不过这样的好机会。老板曾经明确给我们下达过指示："请不要以雪太大，车开不出来为借口不来上班，自己想办法，该怎么让车滚出来就怎么让车滚出来，如果有谁在极端天气下不守时，马上开除！"于是，当我有一次看到暴雪预警并掐指一算，正好和自己的班完美拥抱时，我就当机立断，在值班的前一天晚上来办公室安营扎寨了，就当值了个大夜外加再上个白班呗。好在自己那会儿真是年轻，还顶得住。每当遇到这种天气，台里总是挤满了人，想必大家都不想因为一场大雪而丢掉饭碗。编辑室里就像开年会一样热闹非凡，大家来回穿梭，随时在官网上更新路况、天气情况、写新闻稿子、剪片子、准备现场连线采访，等等。越是这种时候，观众们越需要我们，我们的事情其实越多。难度虽然很大，但肩负的责任也很重。在这样的天气下奋战总是很让人难忘，那些出外景回来的同事就像凯旋的战士一样，得到大家的欢迎。观众在家里，我们在外面。他们不需要出家门，我们就能告诉他们一切，这其实就是一种简单而又巨大的成就感。尽管到最后我都已经无法正常走路了，颈椎、腰椎疼得发麻，坐都坐不住，但是我仍然觉得很开心，因为我觉得自己在做一件有意义的事情。所以，虽然我们的工作是起早贪黑，没日没夜，人前美女、人后"女汉子"，并且哪里"危险"我们就往哪里跑，确实是个极其"变态"的工作，但是我们从不曾与谁抱怨，反倒是满脸的斗志昂扬，因为我们知道，这里面承载着我们各自的理想。

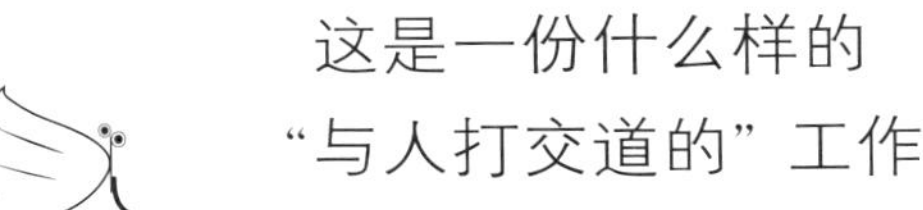

这是一份什么样的“与人打交道的”工作

做这份工作，尤其是在一线奔波的话，每天都要和各种人打交道。有好说话的，也有让你头疼的。有绕了几个圈儿才能找到的，也有你要苦口婆心去说服的。所以，在我看来，好的沟通能力，甚至可以说是出色的诱导能力，是这个行业里面的很多人都必须掌握的一项技能。

其实我也能理解为什么在美国，学这个系的外国学生这么少。首先，语言是外国人的一大硬伤，我的“痛苦修炼”成长史至今还历历在目。其次就是沟通。中国人本来就相对比较保守，又害羞，如果自己的英文再不是很好，文化融入得又不是那么理想，可能就更难像西方人那样主动且开放了。时间久了，对于陌生面孔便会习惯性地选择少接触、少交流，以避免因为沟通不当所导致的尴尬。

这就再一次解释了我之前说过的，为什么在国外，你会发现，大部分中国人的朋友还是中国人。大家都不太愿意跳出自己的小圈子主动去和外国人接触和交流，当然就更别提成为特别好的朋友了。其实我很能理解这种感受。因为胆怯，因为文化差异，这是一种会让你不知所措并且极度反感的感觉。所以很多人在最后会选择保护自己。

讲到这里，我确实要感激我小时候的那段交流生经历，因为上面所说的这个瓶颈在我十五岁的时候被我强行攻克了。可能年龄越小适应能力真的越强吧。走过来之后，我的不适感已经渐渐消失，我很自然地生活在异国他乡。这一次回来上大学，我几乎是从第一秒钟开始就进入了状态，在大学里结交了很多外国朋友，有几个人还真的成为了我的好闺密。其中最要好的就是一个黑人妹妹考特妮（Courtney）和白人长发美女艾莉（Ally）。我们会聊感情、谈八卦，就像亲密无间的好友一样分享着彼此的秘密。我们上课坐在一起，下课也一起离开教室。我带她们去喝奶茶，她们也带我去体验西方的文化，教我当地的俚语。我们常常开玩笑说：我们三个出去走一排，就“代表”了“全世界”，完美诠释了“多样化（diversity）”的含义。

艾莉曾经告诉我，有的时候她也很想主动和其他中国学生交流，但是走近一听，他们说的都不是英文，而且基本上不太和美国学生交流，于是就退缩了。

所以说，尽管勇敢地迈出第一步可能会出各种洋相或者是遭遇各种小尴尬，但是没有人会笑话你。主动和不同类型的人交流，你的视野会开阔很多。对于我干的这个行业，好的沟通能力能够成为强大的后盾和坚不可摧的竞争力。

我和艾莉

这是一份什么样的“折磨人但又充满成就感的”工作

说起我学的这个专业，“折腾人”可能是我能总结出来的又一个超级靠谱的形容词。尽管主播的岗位让我觉得既新鲜又很有挑战，但在折磨人排行榜上，我并没有把它放在第一名，而获得桂冠的则是现场连线记者这个最要命的岗位。在没有转播车跟着你的大多数情况下，你要在有限的时间内完成开车到现场、采访、写稿子、整理素材、架好机器和直播连线设备、完成现场连线这一条龙工作真的是有一种不可能完成的任务（mission impossible）的感觉。

在 KOMU 8，做现场连线记者是最累的，因为你要做的事情更多了，但能利用的时间反而变少了，这谁受得了？大多数情况是这样的：首先，在当天连线内容定下来之后，你要先开车去现场取材。如果采访顺利，离晚上直播还有一段时间，连线地点又不太远的话，你就需要先开车折回台里，自己写好稿子并剪好连线时所要插入的画面，然后再背着简易连线设备，开车回到现场，等待现场连线报道。

一般的记者结束当天的采访之后，回到台里就可以悠哉地准备稿子、剪辑视频了。但现场连线记者就悲催很多。因为现场连线的新闻基本上都是每天的重要新闻，一般会安排在节目的前半程，所以连线记者要比其他记者先完成相应的工作，才能有时间回到现场，进行现场连线的准备。而从时间上来看，连线记者就成了干得最多，但时间反而是最紧张的那一位。有时，因为拍摄地点实在离台里比较远，又或是采访对象的时间安排不开，没有办法像预想的那样很快就拍完，导致记者没有时间先返回台里编片子再回到现场准备连线，这时现场传输就要跟上了。记者就要在那辆空间狭小的车上，抱着摄像机，连好设备，把拍摄的画面回传回台里（我总是感叹，那么小的连线设备和仅有的一台摄像机能干的事情还真是多啊，就像哆啦 A 梦的百宝箱一样）。从现场回传画面不但需要考验团队的默契程度，更需要你对伙伴们的足够信任，因为他们会根据你的要求，在后方完成视频剪辑，并且随时告知你现场连线的准确时间和需要停顿的时间点。

此处，可能有些读者会有些疑问，什么叫需要停顿的时间点。就让我来好好解释一下一些像 KOMU 8 这样的美国电视台在直播连线上是怎么操作的。首先，我们做的很多直播连线都包含一边播着画面，一边有人给一段正文配音，之后再放一个同期的形式。而由于是直播，所以需要我们在现场完成这样一条片子的整合。也就是说，当主持人做完简单的导语陈述后，正文配音的部分就变成了连线记者自己。我会在现场先做一个开场白，然后，当画面开始播放的时候，我要在现场继续陈述以充当正文配音的角色。接下来是进同期，我停顿，等待导播间指令，最后再在现场做一个收尾，与主持人再见，宣告连线正式结束。相比起国内电视台的很多连线，这样的直播连线要复杂很多。在国内做连线，经常是记者在前方讲两三分钟，一个机位，一个景别，可能会加一些推拉摇移，但也仅限于此。如果再复杂一点儿，可能就是现场请一个嘉宾进行一下互动式问答，或是交代后方准备一些简单的画面，在连线的过程中由后方在适当的气口上进行插入，但都不会很长，就是我说我的，你放你的。当然，我也遇到过利用多机位进行连线的情况。此时，现场的导播就可以完成镜头的切换，画面角度变得更加多元化，还可以融入一些展示互动的环节，可看性也随之增加。不过即使如此，这样的方式还是要比在美国做连线简单一些。在美国做连线时，我要把很大一部分注意力放在从我的耳机里传来的声音上，因为所有的指令都是从这个小小的耳机里发出来的。需要一个人完成连线的时候，身边没有可以给示意的任何同伴，我们只能相信自己，有点儿凭直觉走的感觉。

那么，下一个问题是，这些从耳机里传来的示意和指令都是怎么与连线本身无缝对接的呢？你要先启动简易的连线设备，与摄像机接好，完成一系列规定操作，和后方确认画面已经可以看到（信号收到了）。与此同时，你还要自己找好拍摄角度、固定好摄像机位，确认好拍出来的画面在曝光、焦点、景别上都没有问题，然后让摄像机“站”在那里做好待命工作。当然，这一步同样适用于我们平时的采访。一开始，我总是不太习惯自己摆镜头、找角度、摁下录制按钮。在没有人帮忙盯着的情况下，我经常很难相信自己能拍出来没有问题的画面，所以有时会在采访时走神，想要跑到摄像机后面进行画面检查。不过慢慢地，自己心里也就坦然了。就像完成流水账一样，一切按部就班，采访之后再补过肩画面，然后进行最终检查，无误后便收拾东西走人，轻车熟路，费不了什么工夫。当然，在没有摄像老师的情况下，很多画面的拍摄都是很有局限的，一些与采访嘉宾进行互动的画面，或是近距离跟拍的画面都无法完成，所以这样的拍摄仅适用于简单的纯新闻拍摄，如果做调查类报道，或是探访形式以及系列故事报道的话，就不灵了，必须有很棒的摄像老师伴你左右。

扯得有点儿远了，我们继续回到连线这件事上。架好机器，一切进入待命状态后，你需要做的就是等待连线的来临。时间差不多时，你就可以通过手机拨通导播间的特别电话号码，与同伴取得联系了。在接下来的所有时间里，耳机将成为你最亲密无间的战友。因为简易连线设备是有较长的延时的，所以能够让你和主持人无缝对接的只有从耳机里传来的指令。而这个避免延时的方法还是蛮有趣的。

当电话顺利连进导播间后，你从耳机里听到的是演播室里主持人的声音，但这其实只是导播间监听节目时所传出的声音，也就是说这种连线其实是与导播间的连线，而并不是直接和主持人间的连线。此时，主持人可能正在念前面几条新闻，但是你要说服自己不去听这些，而是专注在同伴给你发出的指令上。因为虽然你通过耳机听到的声音是正确的，但是当你开口进行连线时，你这边的连线画面和声音会因为设备延时的问题而不能实时传回导播间，从而不能实时出现在大屏幕上。所以，为了避免这样的尴尬，发指令的人会掌握简易设备产生的大概延时时长，并做好基本的掐算，最终在主持人结束连线开场白前的几秒到十几秒之间，通过耳机示意连线记者开始讲话，使得连线变得“无缝对接”。那么有趣的现象就会发生了。最常见的情况就是，这边主持人还在持续地说话，而又有一个声音同时从耳机里传出了“开始（Go）”的指令，意思就是你可以开始说了，不用等主持人讲完。在早期的时候，我真的适应不来。虽然我告诉自己，这边有延时，不用真的听完主持人说的所有话，主持人的声音只是一个大致信号而已，我只要听到指令，开始说话就行了。而我一旦开始说话，导播就会将来自演播室的声音拉低，以避免影响到我这边的发挥。但是，即使指令已经如约而至，我还是想要“强迫”自己听完主持人在“背景声”里与我打完招呼，再放心开始连线，好像不这样的话真的会和主持人的声音重叠在一起一样。这样的困扰在头几次连线中始终纠缠着我，其实大家可以想象，要去适应这种不适感并不容易。好在熟能生巧，连得多了，你也就能相信这一声指令了，而这也就是我们所说的团队默契。

除了要解决延时的问题外，还要注意连线中穿插的画面和同期，当画面插入的时候，我就可以照着稿子念了。毕竟正文是比较长的，既然在播画面，那我也没必要还傻傻地对着镜头在那里进行硬性的“背诵”。之后，当要进入同期的时候，我需要马上停下来，给同期让出时间。记得最初做连线的某一次，我就完全忘了还有同期需要播，给正文配完音，就进入收尾阶段了，完全没给同期留出时间来，让后方的导播一阵慌乱而且哭笑不得。而当同期快播完的时候，为了再次避免延时，发令人又会在适时的时间通过耳机提示我“5、4、3、2、1, 继续。”意思就是，你可以准备做收尾了。当收尾也结束后，我只要听到有人对我说“完成（Clear）”，我就真的可以如释重负，准备收工了。我用如此之长的篇幅才解释完这样一个连线内容，可见这种连线方式真的是很折磨人的。

记得有一次，我接到了一个一开始看似很普通，但后来变得很大条的新闻（因为时隔多年，有些细节实在有点儿记不清了，所以这之后的描述可能会存在不够准确的部分）。这是一个观众给我们发来的信息，大概就是一个小镇上的中学换了新校长，新校长与四名老师发生了摩擦。

描述的文字很少，短短几行字，在最初并没有获得太多的关注。因为事发地点是在一个比较偏僻的地区，所以老板刚开始只是让我打个电话确认一下情况而已。但是随着我拨通的电话越来越多，搜集的资料越来越丰富，事情最后竟然演变成了一部“电视剧”。这个新校长建议不要再与这四位老师续签合约，其实就是相当于辞退他们，并声称，做这个决定是因为在教师测评中，这四位老师的结果不理想。但是有很多学生和家长发来抗议，表示非常支持这些老师，反而对新校长的决定表示非常失望。而这四位老师对校长的评定也是极度不满，有的则提出要先主动辞职，剧情可谓在这里进行了大反转。因为事发的这个小镇很小，学校也不大，四名老师的同时离任对于这样一个小学校、小镇来说已经足够算得上是场大风波了。而新官上任就出现这么大的“暴动”，对整个学校、学区、所有的学生及家长都带来了很大的影响，而且还很负面。更戏剧的是，当信息越挖越深的时候，有人表示新校长的父亲似乎在当地的教育部门中很有势力，于是，以权谋私、滥用职权这样的“指控”又成了新的“新闻事实”迅速传播开来。

了解到事情的严重性，我马上就被派遣到现场去搞清楚这件事情的来龙去脉。这真是一次让我难忘的连线经历。从台里到现场，光在高速路上行驶就需要很长时间。记得开车时，我还设定了定速巡航，一边观察着周围的交通情况，一边节省时间给“线人们”拨打电话，继续了解情况。这是我在台里工作这么长时间以来开车最久的一次。我带着所有设备，只身前往。到了小镇，我费了一番周折才找到学校的具体地点。又几经努力才采访到那所中学的新任校长。开始她不想站出来讲话，可算是经历了一番“好说歹说”才使她“愿意”开口。

我的新闻被安排在了晚十点新闻栏目的第一条（在晚上九点的时候已经连过一次），而这是我做现场连线记者后第一次在节目刚开播就连线，紧张的程度可想而知。片花走过，两位主持人做了简单的开场白，就直奔主题，开始与我连线。我把事情的发展情况和采访内容一一向观众做了报道，但因为连线的时候，当地教委还在就测评的公正性、是否要与这些老师续签合同等相关内容进行闭门会议，所以我没能在第一时间告诉大家事态发展的确切结果。不过在我那天晚上连线之后，分别又由不同的记者在接下来的数天里进行了跟踪式报道，可以说是给观众呈现出了一条有始有终的故事脉络，得到了很不错的反响。

记得当时我连化妆的时间都没有，而这个新闻本来就是临时派的，所以我也没能提前做些准备，先化好妆再出门。于是，我竟然就这么素面朝天地面对了广大电视机前的观众们。现在想想，这简直是一件不可思议的事情。尽管我带着化妆包了，但是我也真的没能挤出一点儿多余的时间，能够赶上连线，还没出错就已经谢天谢地了。等连线结束，开车回到台里已经是凌晨了，大家都走了。但我的工作还没有结束，我还要放好设备，坐在电脑旁，把相关的内容编辑成简单的文字上传到我们的官网上，以便网友们随时阅读。那天回到家大概已经凌晨两点了。这样千里迢迢的折腾来折腾去，我真的是精疲力尽。但是当时心里的感觉却十分特别，觉得自己的工作是如此重要，非常有成就感，很是骄傲。

记得老板对我们连线的要求是：必须有参照物，必须有所展现。所以回想起自己的每次连线，折磨人的例子还真不少。比如有一次，为了达到足够的高度去展现背后的景物，我踩着高跟鞋，爬到卫星车顶，站在上面，在摇摇晃晃的情况下完成了连线。再比如，有一次，由于连线内容的相关性所致，我需要牵着一匹马完成连线，并在连线过程中和这匹不太听话的马进行互动。虽然这些连线真的很折磨人，但是每一次折磨的背后都是沉甸甸的报道，都是让人难以忘怀的经历。就冲这些，一切的“忍受”都值了。

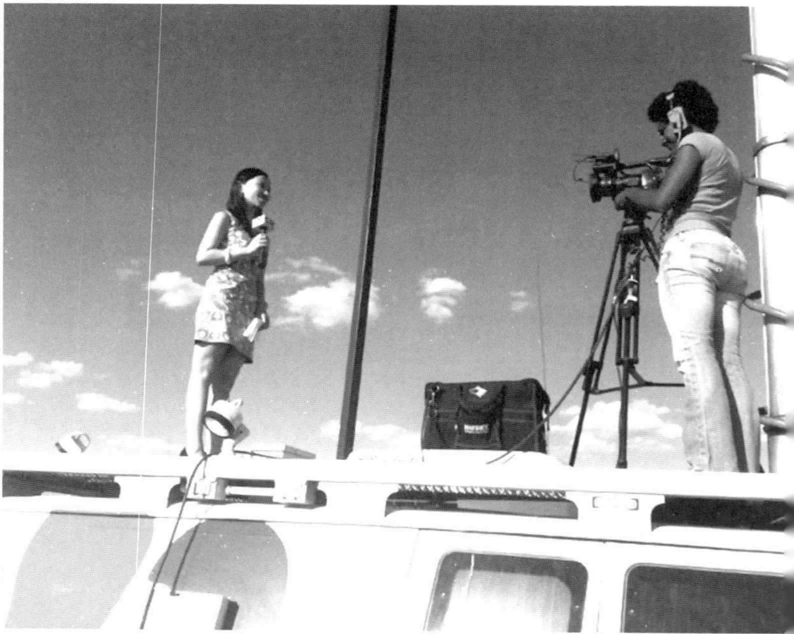

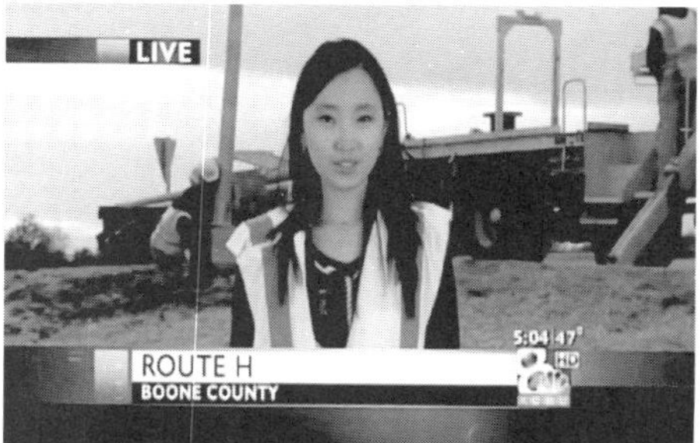
LIVE
ROUTE H
BOONE COUNTY
5:04 47°

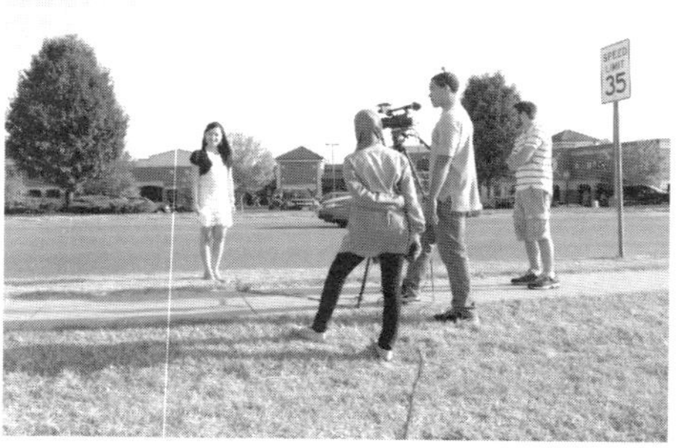

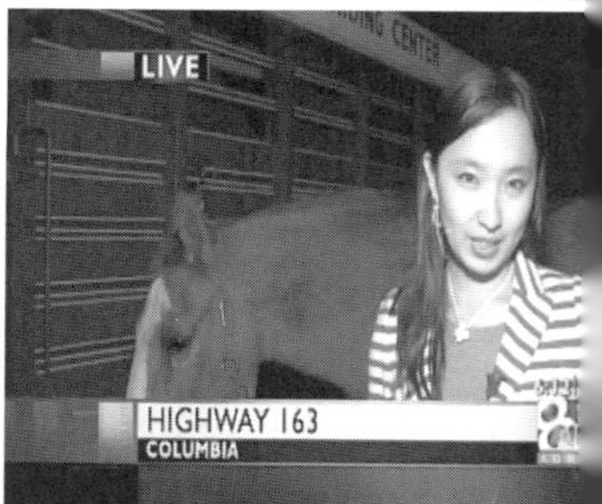
LIVE
HIGHWAY 163
COLUMBIA

SPEED LIMIT
35

直播连线工作中

主播之路更上一层楼

除了收集了不少连线的“精彩”回忆，我在主播台上的尝试也更进了一步。每半年我们的主播阵容就会大调整一次。大家把自己最好的作品以视频的形式交给老板，老板根据他评判的结果来分配主播的席位。我并没有好高骛远，我很珍惜当下所拥有的，我所想的只是再努力一点点，再进步一点点。

很幸运，我在学校的最后一年负责过一阵子娱乐新闻板块的播报。尽管次数不多，但我觉得很过瘾，是一种与播报新闻完全不同的全新尝试。在第一次做的时候，我还是很紧张，完全没有自己想象的那么放得开。下来看重播的时候，才发现自己的四肢简直僵硬得可笑，好像又回到了第一次上主播台播报新闻时那种手足无措的狼狈样子，只想再嘲笑自己一番。

除了娱乐新闻板块，我还幸运地做过一阵国际新闻板块的播报。这个板块的播报是在另外一间小一点儿的，称

我和老板在毕业典礼上的合影

不上是演播室的屋子里进行的。在那里，我们可以把信号接进导播间以完成与主持人之间的互动。播报前，我们会先将当天的几条国际新闻的地点输进专门的电脑程序中。播报时，我们会站在一块大屏幕前，一边触摸屏幕进行每条新闻地点的切换，一边完成播报，相互配合，很有乐趣。虽然比起每档资讯节目的主播而言，这些小板块的插入式播报很不起眼，但对于一个外国人来说，已经是十分宝贵的财富了。对此，我真的很感激我们那位不苟言笑的新闻大老板。

KOMU 8 娱乐新闻板块和国际新闻板块播报中

恩师成就篇

很多的“看似不可能”
变为了“也许可能吧”

第一次见到我的人生导师

前面说了那么多，写到这里，感觉自己才刚刚开始讲最重要的正题。如果要提我在大学时所获得的所有荣誉和成绩的话，有一个人是讲到每一件事都不能落下的。遇到他才让我第一次明白“导师”这个词语的含义，他的每句话好像都能成为我弥足珍贵的智慧财富，在我需要再向前迈一步的时候为我指点迷津，而他带给我的磨炼就好像是上天安排好的试练一样。他，就是改变我人生命运的重要恩师——格里利·凯尔（Greeley Kyle）。

他是我们大三下半学期广播新闻 II 课程（Broadcast News II）的老师，被当作我们新闻学院的声望，魔鬼老师，成绩杀手。在我们系里提起他的名字，有些人会吓出一身冷汗，还有些人会高高竖起大拇指赞誉他。很多人害怕他，更多人崇拜他，就连外系的学生都对他的名字十分熟悉。再加上本来他就是个魁梧高大的黑人教师，有时又有些严肃，时常“过分”认真，很多学生一开始都害怕接近他。

上过他的课的学生多半都会说：“他是我见过的最可怕

的老师，在他面前掉眼泪的学生简直数不胜数（用格里利自己的话说，他每个学期因为学生掉眼泪所用掉的餐巾纸都有两大盒），但他也是我见过最棒的老师，他还是教会我最多东西的老师。”传说他给某项作业打出的班内最低分到达过负五十六分，而这个负数还在不断刷新着。近年来他给出的最高学分成绩以 B^+ 居多，获得 A 的学生可能一双手就能数过来，这也就意味着想拿全 A 毕业的学生，只要上了他的课，几乎就是不可能的了，比如说我。

带着忐忑的心情，还有同学们之间的传言，和对这个老师的好奇，我们的第一次见面就正式展开了。听说他总会选择一个“适当的”时间去广播新闻 I 课上“吓吓”即将升至他班上的学生们。我们班当然也不例外。而且我对那次见面的印象实在是太深刻了。由于格里利是个健硕硬朗的高个子黑人，他走进来的时候，我感觉风都跟着他呼呼地往里跑，那气场和威严使我们在场的每个学生都立刻紧张了起来，马上竖起耳朵，提起精神，准备迎接他的“洗礼”。

一进屋，格里利靠着一张桌子一言不发，沉默了许久。当时我强烈地感受到了周围的“冷空气”，好像大家都不敢呼吸了一样。没人敢看他，没人敢轻举妄动，大家都只是低着头，沉默着，等着他开口。他停顿了很久，好像在思索一般，然后突然蹦出了一击重炮：“如果你们没想好的话，我劝你们还是转系吧，别学这个了。”我刚听到这话的时候真是吓了一跳，赶紧环顾了一下四周，看了看周围同学们的表情，因为我完全不知道应该怎么对这样的开场白进行反应。

虽然大家已经料到，格里利的到来必定会让我们这些“小的们”不好过，但是没想到故事的开头是这样地“劲爆”，这样地让人瞠目结舌。我们广播新闻I的老师在旁边坏笑着，似乎对这样的走势已经司空见惯了，对着格里利摆出一副“你别把小朋友们都吓跑了”的表情。我也在旁边琢磨着：哪有老师一进来就劝学生换专业的，真是奇葩。

然而你以为这是在恐吓？是在给大家一个下马威，让大家老实点儿？不，后来的我深刻地领悟到，对于格里利来讲，他说的这些都是实话，是作为一个过来人所能给予我们的最好的建议。为什么我能这么说？因为，他之后语重心长的诉说让我至今都难以忘怀，那是我第一次对我即将从事的这个行业有了一个直观的认识，第一次让我看清我接下来的人生要走的是一条什么样的道路，第一次让我明白我要做好的是怎样的心理准备。这样的一番话让我开始觉得，面前的这位高大威猛的教授先生将在我未来的人生中扮演极其重要的角色。

他的话大体是这样的：这个行业是很辛苦的，不是你们抱着轻松的心态就可以度日的。如果你们没想清楚，我劝你们还是去干别的。因为，总结我的人生经历，我可以负责任地告诉你们，如果你们对这个行业没有足够的热情，甚至有时需要的是一种近乎疯狂、毫不计较得失的热情，那么你们每天的生活都将成为悲剧。很遗憾，我就看到了我身边很多的人过着这样悲剧般的生活。他着重强调了那个“每天”（every single day），那个语气我至今都还记得。

不过，奇怪的是，当这些话从他嘴里说出来的时候，我反而觉得自己的心静下来了。每个人走进这个领域都有理由。很多人喜欢去想象聚光灯照射自己的感觉，但是还在做这些想象的他们可能不知道，能够一直持久地被照射的人一定是在不为人知的地方付出了常人无法想象的代价。好东西是需要换取的，我一直这么认为。想要在这个领域里生存下来，很多因素都很重要，但最重要的东西在我看来是我们的内心，是我们如何看待这份工作，是一种听起来有点儿“不接地气”的情怀，是即使在最难熬的时刻也能成为我们精神支柱的那份执念。

我一直觉得，我从格里利那里学到的第一样东西不是专业知识，而是这样一个态度，而这份态度直到现在都在影响着我，推动着我，不想再前进的时候，也觉得自己必须前进。

格里利原本是个很有名的一线记者及主播，在地方知名电视台里做过很多杰出的新闻和专题报道，得到过很多新闻奖项。但是他却在人生很辉煌的时候选择退居二线成为一名老师，对此他给出的说法是：“我觉得作为一名记者或者主播再功成名就，影响力都是很有限的。然而在这里，作为一个老师，我却把我的影响力扩张到了全世界。

你们的身上都有着我教导出来的某种特质，你们会带着这些本事去到自己梦想的地方发出光芒，并继续影响更多其他的人。这让我感到很有成就感，让我觉得我确实在为新闻行业做着一份贡献。”他还说，“一直以来我都怀着‘要做第一’的信仰。所以，如今成为一名老师，我选择了密苏里大学的新闻学院，因为这就是我心目中的第一，而你们也一定会成为我最好的学生，你们也必须告诉自己，会成为这样的第一。”

他总是用最真诚的话语打动着我们，用最高超的本领指导着我们。这就是我第一次看到他时对他的印象。但那个时候，我一定没有想到，他会成为改变我人生的导师，也一定没有想到我们会成为一生的挚友，在一起共同经历并完成了那么多不太容易完成的事情。如今想想，这一切的一切都是上天赐给我的一份礼物，一份值得我珍惜一辈子的礼物。

我的广播新闻 II 课程开始了

就这样，我终于正式成为了格里利的学生。首先我要简单讲述一下这节课的上法。我们要在学习如何报道新闻的同时，用实践去印证和巩固我们的所学。具体怎么做呢？开始，我们每周都要去做采访报道。当然每个你想要报道的主题内容都要得到格里利的认可才可以往下推进。每周一个作品，几周过去，通过几个不同的作品，格里利认为你已经具备“独当一面”的条件时，就会准许你去 KOMU 8 电视台做小记者了。而你在 KOMU 8 的表现也会被打分，最后记入总成绩。可以说是课堂实践加上社会实践的配对组合。所以这个学期基本上就是找新闻、跑新闻、写稿子、编片子、配音、出片，然后继续找新闻、跑新闻、写稿子、编片子、配音、出片。

除了以上这些，我们还要定期更新自己的博客，写一些和行业有所关联的文章，并配上图。每周更新的内容格里利都会看，并打分。还有一些别的作业，包括每周都要进行的当周重点新闻小测验。这种考法就是“逼”着你每天都把各大电视台、报纸上刊登的头条、重点文章和突发新闻过一遍，坚持下来还真有点儿不容易。上格里利的课，你每天都要计划好时间，才有可能生存下来。不然东西堆到一起，交的时候你真的会感觉“死亡”在向你逼近，“死神”在向你热情洋溢地招手。毕竟在他的课上，想得A比登天还难，想得低分却简单得让你不敢相信自己的眼睛。

我的第一个新闻成片（package）做的是关于夜间在路旁（主要是酒吧附近）设立专门的出租停靠点，是否真的很好地服务了需要在午夜时分打车回家的老百姓，并且让出租车司机在夜间更容易拉上客人的新闻。虽然是很贴近老百姓的民生故事，也是我自己找的话题，但因为是在夜里，所以我需要大半夜扛着摄像机在酒吧附近徘徊。这并不是一个轻松的差事，大半夜的，我要敢于拿着摄像机大摇大摆地与喝高的年轻人们“周旋”，还要找到一个肯让我贴身跟随采访的出租车司机，以及肯让我采访的乘出租车的老百姓。

在我们课上做的片子里，都需要有一个故事的中心人物（CCC），他的同期要在新闻里至少出现两次。这个人物要和故事本身有非常深的联系，是连接故事的重要纽带，是被故事影响的最主要人物，如果格里利判定你的这个人物达不到这个标准的话，就算你用了两个或以上的同期，他也会无情地把这方面的分数给你扣掉。在我这个故事里不用多说，这个人物自然就是出租车司机或者乘客了。从画面拍摄的角度来看，找一个出租车司机肯定是更好的。因为他长期蹲守在出租车停靠点儿上，能够更直观地告诉我们这个停靠点儿的设立是否真的是“明智之举”，效果到底怎么样。如果能找到一个司机，并且得到允许上车拍摄的话，还能增加一些跟拍，也就等于增加了一定的真实感。

可是事情往往没有我想的这么美好。想要找到一个愿意配合的出租车司机真的很不容易，我必须厚着脸皮和人家说：“您能不能暂停一下拉活儿？接受一下我的采访。您能不能允许我上车，带我在这附近溜达一圈？”本来就是冬天，大晚上拉活儿就怪冷的，我还要“浪费”人家宝贵的挣钱时间，任谁估计都没这么好心“做善事”，去帮助一个拿着简易摄像机的普通学生外加大半夜到处乱跑的小疯子。

这样的试练对于还是个新闻小白的我来说真可谓是一剂猛药。那时我想：我不能失败，在晚上的这段拍摄时间里，想把所有画面拍好，做完跟拍，并且完成所有采访，我肯定只有一次机会（虽然我也不知道我当时为什么觉得自己只有一次机会，但我就是深信一次没拍下来，之后就拍不出来了），所以我不能失误，我要一步步谨慎地完成。在我终于找到一个肯接受采访的出租车司机后，我一不做二不休地跳上车，直接让他一边转悠拉活儿，一边接受我的采访。

找到“好心”的出租车司机时，我真的是激动万分，比在寒冷的天气里能够在家里洗个舒服的热水澡还要开心。

我可能有点儿紧张，有点儿激动，一开始麦克风还出了点儿问题，折腾了半天。我觉得当时出租车司机的脸上应该是老大不乐意了的表情。不过好在需要重来的部分不多，我也只当作没看见，硬着头皮，心里怀着“你可千万不能这时候拒绝我啊”的心态“笑着”完成了所有采访。在“顺利”采访完我的中心人物后，我又开始徘徊于各个酒吧之间，取一些人们从酒吧里熙熙攘攘出来打车的镜头，并采访了某些想要打车回家的老百姓。从拍摄的进程来看，我想要探索的问题已经有了初步的答案：大家对于那些停靠点儿的反响并不好。因为大部分人还是希望一出门就能打到车，而不是要走到停靠点儿才能上车，毕竟好多人都是喝了酒有些晕乎，谁乐意在寒冷的凌晨多走上一会儿——哪怕只是一小会儿——才能钻进温暖的车里呢。而出租车司机深知顾客这样的需求，从酒吧到停靠点儿之间的距离反而成为了他们彼此的屏障，让拉活儿的效率降低了很多。很多司机都希望这个试验性的政策在之后的最终决策中得不到通过，这样的话他们也不需要被这些停靠点儿所束缚。对于他们来说，在街上开着车找生意才更加实际、高效。原本这个举措是希望能够在夜间酒吧都关闭后，尽快疏散离开酒吧的老百姓，并且让大家更容易找到出租车，让司机更容易找到客人。但谁承想，对于这些想要一出酒吧就能上车的人来说，这个举措反而逼着他们只能在酒吧门口打电话预约出租车了，打车反而变得更加困难。而这就是这条新闻最后要告诉大家的一个事实。

经历了各种跑跑颠颠，上蹿下跳，我感到这次的实践真的很特别，之后也很少再碰到过这种半夜采访的情况了。记得站在酒吧门口拍摄的时候，很多喝醉的人到我面前摇晃着双臂，执意要我拍他们。还有一些捣乱的，发酒疯的。总之，我算是都见识到了，和这些醉汉也玩起了“斗智斗勇”的躲猫猫游戏。在这里，我得特别感谢我的室友。那天拍摄，她全程开车陪着我，护送着我，完全保障了我的“后勤”，不然我想我会更狼狈不堪，说不定连拍摄都没办法最终完成。

可喜可贺的是，我的第一个片子最后拿了六十多分，对于第一次的尝试，我已经非常知足了。这个分数在班里已经算是相当靠前的分数，印象中好像是第七（所以，你能想象格里利打分多吝啬了吧）。看着格里利给我的评语，我一边回味着这次夜中取景的拍摄经历，一边想着自己在下一次实践中要如何改进才能够拿到更高分。我坚信自己是“聪明人”，如果我能把他每次标识出来的问题都加以改进，并且在下个作品中不再犯同样的错误的话，我相信我的成绩会越来越好的。而这个想法到后期也被印证了是非常明智的，这也是为什么到最后，我的分数相对其他大部分同学要更高一些的原因。这其中不变的真理就是：错误不能犯第二次，不然你会吃大亏的！

最后，我还想简单说几句我们片子的打分要素。每周的拍摄制作完成后，格里利都会在课上播放大家的片子，

CAM: 2/2
((ANGIE/2SHOT))

COLUMBIA RESIDENTS RAISE CONCERNS ABOUT DOWNTOWN'S LATE-NIGHT TAXI STANDS.

((JIM))

THIS CAME AFTER THE CITY COUNCIL WANTS TO PERMANENTLY ESTABLISH THEM.

KOMU 8'S MENGTI (MONG-TEE) XU (SHOE) TELLS US WHY A TAXI DRIVER DOESN'T LIKE THE IDEA.

TAKE PKG
RUNS = 1:18
((TAKE PKG))
((Nats Taxi's parking))
*CG 2line SOUTH NINTH STREET
COLUMBIA
0-5

A taxi driver for A One Express, Clyde James parks at a taxi stand area.

He says the taxi stands make him lose business.

*CG 2line CLYDE JAMES
TAXI DRIVER
9-17

"A lot of time people come out to a place and they want us to stop there and pick them up and we can't do that, but they don't want to walk to the taxi stands."

James says he thinks the policy is a failure.

"I bet it might be a temporary deal and I hope it is, so it is ok that you don't have to use the taxi stands any more."

After about five minutes, James left the spot.

Most taxi drivers choose to hunt around to find their customers.

Some bar patrons who need a taxi to get home at night also say the taxi stands are not a big help.

*CG 2line MICHELLE SLINKARD
BAR PATRON
40-47

"Whenever we are looking for a taxi we always have to still call the number. We are not able to just walk outside and find one."

Almost every taxi driver abandons the taxi stands.

*CG standup MENGTI XU
51-1:08

"The original purpose of establishing these late-night taxi stands is to reduce congestion after bars close and to make taxi services more accessible for late-night customers, but right now, the taxi stand area behind me is just an empty place without any taxis."

On the contrary, crowds of people fill the streets and they have to wait, wait and wait for a taxi.

Mengti Xu, KOMU 8 News, Columbia.

((ANGIE ON CAM))

THE CITY COUNCIL WILL MAKE A FINAL DECISION ON THE STANDS FEBRUARY SIXTH.

新闻成片1原稿

进行现场打分和点评。在格里利的打分表上，打分项密密麻麻，包罗万象。首先，我们要有中心人物，这个我在之前已经提到过了。另外，我们必须用自然声（Nats）进入新闻故事主干。其实这个训练是非常好的。有时在不知道一个新闻从何入手的时候，想想能够让什么样的现场声带入新闻，角度也就自然而然地出来了。这样的进入方式也让新闻更加有现场感，让观众更加有参与感。除了上面这两项，逻辑、时效性、重要性、画面质量、剪辑手法，等等，各种各样的考核都包含在打分中。其中还有一样值得一说的就是自己的出镜。就像我之前说的，我们的出镜必须是有所展示的。也就是说，我们不能做那些站在那里只有开口讲话的出镜，要找到一个可以展示给大家的“东西”，然后进行“说明”，让出镜更有存在的“意义”。这些大大小小的打分依据一共二十条，每个就占五分，是不是很可怕？最后将小项的得分相加，就是你的总成绩。这么多项目扣下来，分数就一点点地从格里利的手底下流走了。那段日子，真是难熬。每次格里利打分的时候，我都在看着他拿笔的姿势，揣测他打出来的分数。而格里利也善于卖关子，所有的打分要先“封印”起来，最后等一周全部的作业都做完、打完分后，再把它们放在一起变成一捆，放到指定的储存地方，我们才能取出。每次去取的时候，我都感觉自己要取的是一打报告，打开“封印”的时候格外紧张，就像等待化验结果的病人一样。

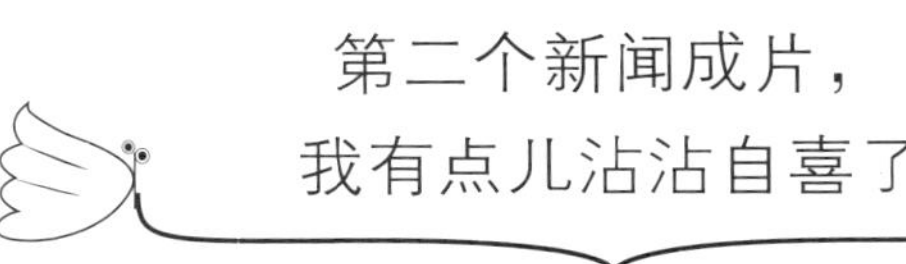

第二个新闻成片，我有点儿沾沾自喜了

有了第一个“高”分数的鼓舞，在避免犯同样错误的前提下，我递交了自己的第二个作品。这是关于公立学校午餐伙食规范调整的新闻。由于这是近十五年来，（以当时的时间计算）针对这些学校进行的第一次全国性午餐营养配置改革，而且或将提高很多学生在校午餐支付的费用，所以可以说是全民关注的大新闻。时任美国总统奥巴马的太太，也就是当时的美国第一夫人也在致力于保障学生在校营养摄取的工作。而在民众的呼声中，既有支持，也有强烈的反对。

支持声自不用说，谁不愿意自己的孩子在学校能够吃到更健康的午餐，能够摄取更均衡的营养，毕竟在美国，肥胖症及其导致的各种疾病是非常普遍的。但是对于反对声，理解起来也并不困难。想要绿色，想要有机，想要健康，怎么可能不多花钱？学校、政府不可能支撑得了全美这么多公立学校的健康饮食，收费的增高也就在所难免。初衷虽然良好，但是一旦要加钱，很多人就开始发出质疑声了。尤其对于那些相对低收入的家庭来说，更加健康的午餐可能真的不是必需品。为了所谓的健康，便要增加经济负担，对于他们来说可不是个“明智”的选择。因此，反对声也就此起彼伏了。其实学校也有学校的烦恼，如果价格提高，可能导致很多之前在学校就餐的学生转而去校外就餐，毕竟外面的选择更多，而且可能还更便宜。

深入到学校内部，把不同的声音捕捉到，把学生、老师的声音真实地表达出来就是我这次要做的工作。客观、真实是这次报道最需要的两个准则。

无论在哪里，进入学校拍摄都需要一定的手续流程。出于对学生隐私的保护，申请的批准是比较严格的。当时我遇到的情况是，要先向地方有关部门申请拍摄资格，再接洽学校，由学校认可及告知被拍摄的学生家长，得到同意后才能拍摄。很多时候，甚至要签署同意书，一式两份，才算是准备万全。对于拍摄的时间、时长、能够在学校内走动的范围，都会有规定。

我一开始找了很多学校，想看看有没有节省时间的办法。因为要拍这个新闻决定得比较仓促，但交作业的时间又比较紧迫，按着手续一步一步来肯定要超时。我上网查了当地附近所有公立的初高中，挨个儿打了电话。起初大部分学校的口径都是相同的，都得按程序办事，越权、越级的活儿人家可不接，而且也没义务接，态度不但强硬，也毫不客气。就在我焦头烂额，已经没有耐心一遍遍说着同样的内容，却又遭到对方毫不留情的拒绝时，石桥高中（Rock Bridge High School）的副校长给我开了绿灯，就像雪中送炭的贵人一样，拯救了当时快要绝望的我。他是位非常和善的人，知道了我的苦衷和时间的紧迫后，为我开了条捷径。毕竟也不是真的上电视，操作起来肯定还是会简单许多，所以我反而是被这种“非正式”报道的形式所救了。而这一次拍摄的顺利进行也让我极大地增加了信心，让我有了“万事开头难，只要不放弃，苍天肯定不负有心人”的坚定信念。

按照计划，在某一天的午餐时间，我扛着机器进校拍摄，将学生们的用餐画面和当时校餐配置的情况捕捉到了镜头里。我很认真地注意了画面的细节、正反声音的真实表达、大家对这样一个十五年来的首次午餐营养改革持有的态度、政策推行会对现状带来的改变等要素。不知为什么，我就是有一种信心，坚信这次的分数会比第一个作业强。虽然认为会是高分，不过结果还是有点儿出乎我的意料，我竟然取得了九十二分！说实话，我从没妄想过这么高的分数。这个九十二分让我突然有点儿不知所措，有点儿“不得不骄傲起来”。我当时突然觉得，虽然格里利不常让学生三个片子之后就去电视台，但我或许可以。我每天心心念念地幻想着第三个作业做完后就能去电视台的场景，总是想要提前预支那份惊喜，以至于做第三个片子时，我都有些急功近利了，觉得格里利一定会让我过，那种对完美的追求和认真劲儿也变得不那么纯粹了，精神都有些涣散。那个时候我充分体会到，自己真的太年轻了，对于很多情绪都把控不好、驾驭不了、消化不掉，容易被影响，也容易被击溃。现在想想，那个时候在这堂课上的经历就像坐了一次过山车（感觉在美国上大学这四年还是经常像“坐过山车”的），起起伏伏，既有期待，又很刺激，还有一些恐惧，总之，就是十分难忘。

CAM: 2/2
((ANGIE/2SHOT))
COLUMBIA PUBLIC SCHOOLS EASE INTO THE NEW FEDERAL GUIDELINES FOR SCHOOL LUNCHS.

((JIM))
STUDENTS WILL SEE THE FIRST MAJOR NUTRITIONAL CHANGE IN THEIR SCHOOL MEAL IN 15 YEARS.
KOMU 8'S MENGTI (MONG-TEE) XU (SHOE) TELLS US WHAT A HIGH SCHOOL STUDENT THINKS ABOUT HER NEW SCHOOL LUNCH.

TAKE PKG
RUNS =1:09
((TAKE PKG))
((Nats walking and talking))
*CG 2line SOUTH PROVIDENCE ROAD
COLUMBIA
0-5
A 10th grader at Rock Bridge High School, Isabelle Bouchard always eats her lunch at school.
((Nats chicken strips))
After choosing her hot meal, she turned to the salad bar.
*CG 2line ISABELLE BOUCHARD
ROCK BRIDGE HIGH SCHOOL STUDENT
13-20
"The salad bar usually goes out pretty fast. The fruits are not so much, but they are kind of back in the corner. I know a lot of my friends don't even know we have the fruits."
Besides salad bar and fruits, students also always get a box of low-fat milk.
*CG standup MENGTI XU
26-36
"This is what a typical lunch looks like in the Rock Bridge High School, students now can expect more vegetables, including a salad bar, more fresh fruits and low-fat milk."
However, they might also face an increase in cost.
*CG 2line LAINA FULLUM
NUTRITION SERVICES DIRECTOR
40-48
"The one we have the most control over as far as the reimbursement is concerned is paid students, who actually pay for their meal, so we have to raise their prices in order to make ends meet."
But Bouchard says most students would not choose to pay more.
"People would be more likely to just want to leave because they can get it cheaper somewhere else."
Although students might have to worry about the costs in the future, now they still love having some fun...
((Nats singing))
...during their lunch time.
Mengti Xu, KOMU 8 News, Columbia.

CAM: 6
((ANGIE ON CAM))
THE NEW GUIDELINES WILL GO INTO EFFECT NEXT FALL.

新闻成片2原稿

第三个新闻成片，我没有能够击出本垒打

可能是第二个作品得到了那么高的分数，自己飘飘然了，我总是不自觉地告诉自己：第三个做得差不多，格里利就会让我通过的。而第三个作品，我选择拍摄了庆祝黑人历史文化月的演出活动。当时我还觉得自己做得挺“用心”的，十分注意声音和画面的配合，试图拍摄出一种非常热闹、轻松且愉快的氛围。但是我忽略了很重要的一点，我选择的内容是没有真正的新闻性和时效性的。文化月的时间跨度比较长，庆祝活动也比较多，其中某一场没什么特别之处的演出活动，其重要程度就可想而知了。而且这个黑人历史文化月在我们城市是每年都有的，所以想做得新鲜有趣也不太容易，毕竟每次的庆祝和报道方式都比较雷同。总之一句话，作为一个课堂收尾作品，很显然，这是一个失败的作品。

其实，格里利点评我作品的时候没说不好，只是很平淡地就过去了，所以那时候我还天真地以为我就这么顺利地通过了呢。等待成绩的那两天，我的心里很不平静，总是去放卷子的地方看看有没有我的成绩单。我很渴望通过，一是想要赶快结束这每周漫长的拍摄工作（其实到 KOMU 8 还是继续这样的拍摄，大概真正做电视新闻的感觉就是不太一样吧），二是想证明自己是最棒的。我甚至都没怎么为接下来的一周做准备，为有可能需要做的第四个片子找内容。

就是因为有这种失衡的心态，让我在拿到成绩单时，感觉那七十几分的成绩分外刺眼。除了分数，成绩单上一片空白。我瞬间像泄了气的皮球，不知所措。我先是很慌张，呼吸很急促，再是突然担心起来之后的一周要怎么办？我的第四个片子要怎么办？我为自己的侥幸心理感到后悔，也为没做好接下来的准备感到懊恼。回忆起来，当时走进格里利办公室的我甚至有点儿要晕倒的感觉，那几步路看似很短却又分外漫长。也许很多人觉得我夸大其词了，但事实就是如此，我强烈而又真实地感受到了自己的不堪一击。要不是我深呼吸稳定了一下情绪，跺了跺脚让自己站稳，我觉得自己真有可能第二次被抬进急诊室里。我想是我的好胜心太强，当时的承受能力太弱，也没有尽全力。

我敲了门，熟悉的“进来（Come in）”回想在我耳边。我坐到他对面欲言又止。他看着我，很安静，似乎知道我来的目的。我哽咽着，不知从何说起，他就耐心等待着，等待我开口。我其实也不知道说什么，结结巴巴地打破了我们之间的沉寂："我拿到成绩了，我是不是不能过？"格里利看了看我，语重心长地说："对"。很简短，但也很有力。我接着说，有点自言自语：我之前拿了高分，挺有信心的，我以为我三个作品就能过。接着我就流下了眼泪，很自然的。格里利突然好像从一个老师变成了一个长辈、一个父亲，他继续看着我，开口道："把手给我。"他握着我的手，很温暖，很坚实，这双大手让我很快安定了下来。他继续慢慢说着："我看着你一点点进步，当你拿了九十多分，我以为你第三个作品会漂亮地击出本垒打，但是很遗憾没有。你这次做得并不差，但不差并不代表很好。我期望的是一个非常好的作品，你只是没有达到我的预期而已。"

其实七十多分相比起班上的整体水平也已经不是一个低分了。我开始变成一个小孩了，在想，也有人没达到格里利给我设定的这个"非常好"的标准，就在第三个片子过后顺利通过了呀，为什么到我这里就变得这么苛刻？格里利似乎看透了我的心机，用他那一贯带有磁性的低沉的声音说道："每个人的人生轨迹都是不一样的（Everyone has a different path）。"这句话，直到现在我还深深地记得。他的表情，他的语气依稀就在眼前。他说："我更看中一个人的进步，一个人的成长过程，这比拿高分更重要。每个人都有自己不同的人生轨迹，对于你，我希望你能做到非常好。也许另外一个人这次的分数并不如你，但这可能是他过去三个作品中的最高分，他在向上爬，他就是值得夸赞的。而你退步了，懈怠了，即使你拿了更高的分数，我也不能让你通过，这是我对你的期望。起起伏伏很正常，没有人是一直一路向前的。走下坡路并不可怕，关键是在低谷的时候整理好自己，然后继续前行。”

为了让我更加明白他的用意，他还给我讲了他自己的故事。格里利喉结下方大概几厘米的地方有个伤疤，第一次见到他的时候我就很好奇。有时仔细观察的话，你能听到他在说话间隙会发出一种不正常的喘息声。他告诉我，他曾经得了一种十分罕见的疾病，这场病“暂时性”地剥夺了他的很多生活自理能力，包括自己穿衣服、吃饭、行走等。这场病也让他不得不在医院待了数月，体重从二百二十五磅直线下滑了一百磅。他的十八岁是在医院里度过的，而在生病期间，他还有两次在死亡边缘徘徊的经历，那道我看到的疤痕是因为气管切开术而留下的，真是难以想象也难以相信。当很多人对他的康复，甚至活下来抱有悲观情绪时，他，我的人生导师，却从未放弃，而是一点点“挣扎”，一点点努力。在与病魔艰难的抗争中，格里利奇迹般地挺了过来，他重新“站”了起来，重新“夺回”了一个正常人应有的行动能力，而那段经历也让他深刻懂得了很多生命的道理，我想其中很重要的一点就是如何看待自己，如何让自己向前看。如果只是看现在的格里利，看那一道小小的伤痕，真的很难想象他所经历的这一切，很难相信他能够如此淡然地描述着这一切。而与他的经历相比，我的这点儿“小别扭”又算得了什么呢？在我们这次“会面”的最后，他还不忘和我说：“你下一个作品一定会过的，我坚信。”

虽然仓促了一些，但重新做回自己，用仅有的时间全力以赴做出的第四个作品实实在在地通过了他的考验。比起前三个的跌宕起伏，第四个的拍摄过程显得有些微不足道，就像按部就班地在做一项工作一样，是负有责任心的，对得起自己的。但是这整个经历让我真正体会到，什么叫作态度决定一切。从这四个片子中，我学会了如何看待自己、如何评判自己、如何向前。不要和别人比，而是和自己比较，即使你走在别人前面，也要时不时回头看看自己的背影在哪里。即使前进后还落在别人后面，也不要气馁，因为你在进步。

我在学校因为学业和工作掉眼泪只有两次，都是在格里利面前。而这，就是其中的一次。

重新学习英语，我成为了一名“病人”

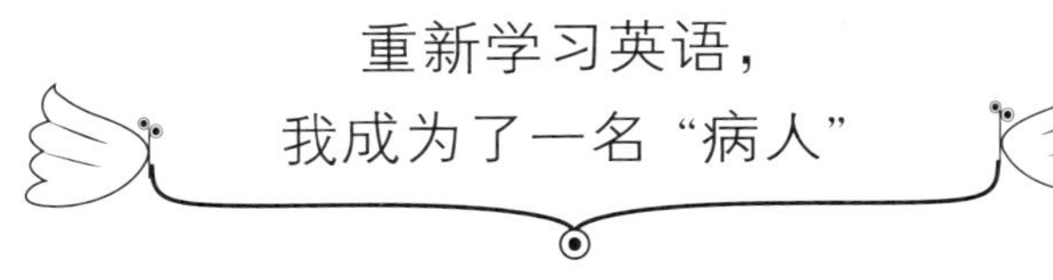

本来我就是老外，英语的口音问题自然是根深蒂固的。想要完全改正，基本是不可能的。但是为了能够更好地完成新闻报道工作，我还是主动找到了格里利，请他给我出些主意，并用课余时间给我做些指导。在这里，格里利给我施了两大妙招。首先格里利把我推荐到了学校专门矫正英语发音、弱化口音的项目。那是个很神奇的地方，要不是格里利告诉我，我压根儿不知道在学校的某个角落里还有这样一个空间，提供那么棒的口音修正“服务”。

这里的“矫正师”很专业，身经百战。他们见过很多案例，矫正过太多来自不同地方，不同年龄层，遇到不同问题的“孩子”。我要特意强调的是，这里不是专门给外国学生准备的类似英语角一类的地方。这里是真正给有矫正英语发音需求的人准备的诊疗室。除了能够“治疗”我们这类发音存在严重口音的人——也就是格里利给我介绍的那个项目——我在那里还看到很多美国本土的孩子，他们有的可能是天生有一些发音缺陷，有的可能是出于其他各类原因，在发音上比一般孩子困难。在这里，我们都是一般“病人”，接受全方位系统的“会诊”，再经过一段时间对症下药的“治疗”，最后达到“好转”的效果。

我就这样开始了形式上“一对一”的口音矫正课程。一开始我很好奇，觉得这个过程会是什么样的全新体验呢？但后来我慢慢地发现，这就好像小孩从头学习说话一样。从元音开始，发音时舌头应该在的位置、口型应该是什么样的，一切的一切都从零开始学习。那段时间的发音练习让我彻底了解到，国内英语课堂上教给学生们的发音在某种程度上是有不少不到位之处的。例如l的卷舌没有得到很好的练习，容易被忽略、th和s发音区分得不好（这个在以前很普遍，但是现在好转了很多）、ain的发音不到位，嘴形没有张开，ai与后面的n在发音上连接不好（这个真的是特别普遍，我觉得我现在发得还是不好）、v与w开头的单词发音方式区分不开，等等。对于有这些或是更多问题的孩子来说，不管是老师上课教得不到位，还是虽然教得对，但是孩子们没有学会并记住，想把诸多长年累月积攒下来的习惯性毛病扳过来，就像是在告诉你，某些我们日常一直在做的潜意识动作，例如起床后要先刷牙这样的思维定式，全都要改变，并且全都是错的一样。江山易改本性难移，说起来就不容易了，做起来自然更不容易，来来回回的煎熬相当折磨人。你明明知道你有一个单词的发音是错的，但是无论你怎么努力，重新发音多少遍，你的舌头就是不听使唤，你始终发的还是不到位的。那种无力感，至今我还记得。

在漫长的一对一教学中，我和我的矫正老师做着最大的努力，一步步改善着我的发音。那段时间我好像神经病一样，每天对着一些特定的发音没完没了地练习，甚至连吃饭的时候也会小声嘀咕着。看电视时也若有所思，躺床上睡觉时也念念有词。我室友表示，那个时候她在旁边看着都快疯了，完全无法跟我沟通，因为我只活在自己假想的四次元世界中。没什么突破的时候，我就没来由地发脾气，她觉得我就是一个不折不扣的神经癫狂综合征患者。

在当了“病人”那么久之后，我的大部分错误或者是有问题的发音都得到了不同程度的修正。虽然没有得到完全的改善，但是我觉得自己还是获得了一种新的自信心。而其中一个具象化的表现就是，有一天格里利向我的老板无意间提了一句：“Mengti（梦媞）发音的毛病改善了很多哦。”

所以对于即将出国留学或是正在海外留学的同学们，这里有一个小提示：其实很多学校都有这种口音矫正项目（Accent Modification Program），只是你不接触可能就不知道它的存在而已。想要改善发音的留学生不妨去参加一下，就当课余活动了，还是会有意外的效果哦。

念童话故事

我的发音有了改善之后，格里利的第二大妙招就如约而至了。在此之前，我就已经和格里利之间有了很深的默契，每周我都会去他办公室练习发音。除了上课的师生关系，我们更像是长辈和晚辈的朋友关系。他总是很认真地教我，非常有耐心。

有一天我照常去他办公室念稿子。他突然和我说：“你下次找一篇童话故事念给我听。”我一开始觉得很新奇，想到这肯定是个新的练习方法，所以满是期待。我找了很多耳熟能详、非常经典的童话故事作为备选，最后左挑右选，决定选用《睡美人》作为此次“新颖教学”的“课本”。

任务下达之后的第二个星期，当我捧着手中的《睡美人》站在格里利面前，开始“振振有词”地读起“从前（once upon a time）”时，我才发觉自己其实很放不开。声音不太洪亮，扮演的角色也诠释得不到位。其实故事本身我念过很多遍了，但是真的要去“声情并茂”演绎的时候，心里好像又有点儿打退堂鼓，憋憋屈屈地，让人听了干着急。我觉得我的不佳表现应该是在他的意料之中。他摇摇头，用眼神示意让我把书给他。

他接过书就直接进入了讲故事的状态。那呼吸，那声线，该女人的时候就尖细，该男人的时候就粗犷，该精灵的时候就俏皮，该巫婆的时候就邪恶。到公主的时候就天真无邪，王子的时候就正义耿直。我听着听着就入了迷，好像变回了一个孩子一样，如痴如醉地聆听着一个动人的故事。这个故事好像我从来没听到过一样，使我倍感兴奋。

格里利“完美地”讲述了故事的结局后，终于把书放下，开始抬起头审视着我：“听童话故事的观众是谁？是小朋友！你得让他们觉得有趣才行！你得用他们能听懂的语言和他们对话！给小孩子讲故事更多的是投入感情，调动兴趣。当你能够很好地讲一个给小朋友听的童话故事时，你自然就已经能够把握重点的字词和想要传达的句意了。回家继续练习吧，下次再讲给我听。”

就这样，我“回归”童年的日子到来了。我发现自从我和英语较上劲以后，我的生活就变成了一个情景剧，每天充斥着新情节、新段子。有的时候是爆笑喜剧，有的时候是无厘头神经质电影，有的时候是无聊的泡沫剧，有的时候则是充满新奇色彩的童话故事。那段日子为了诠释好《睡美人》里的人物，我每天都会念上好几遍。家里、学校、走廊上、过道中，哪里都有我的身影。因为要“大声”念出来才能使感情投入，我只能无视周围人好奇窥探的眼光，全身心地将注意力集中在我手里的读物上。

念着念着，我渐渐放开了不少。我突然在想，也许格里利让我练习讲童话故事不单单只是为了帮助我提高表达能力，而是特意为之，埋藏了更多的深意。也许他是看到我之前给自己的压力太大，怕我做适得其反的事情，所以希望通过这种特殊的方式让我自然而然地学会丢掉一些顾虑，找到本来的自己，用最简单的心去学习，去感受。

这个过程真算得上是一场冒险，又或者是在玩闯关的游戏，很享受，也很有趣。你会自然地放松自己，用言语、肢体或者其他一些表达方式来完成人与人之间最直接了当的交流。当经历过数周，格里利终于在听了我的故事后点点头时，我觉得自己已经念得大汗淋漓，上气不接下气了。那种投入和燃烧热情的感受，我至今不能忘怀。我觉得那是一段寻找初心的时光。有的时候，不是你做不到，而是你认为自己做不到。千万不要给自己下定义，也不要告诉自己不行。行不行，不是你主观上草率的判断，而是要交给你自己的身体去客观地判断。所以，我要再次感谢格里利，他的特别教法让我懂得了这个道理，让我能够释放自己潜在的能量，并且敢于在他人面前大胆地展现自我。这些对我日后的工作起到了很关键的作用。

我拿到了 B^+，不可思议

广播新闻 II 课程在极为繁忙的节奏中度过了，就像打仗一样，连续作战，从未停歇。不过说来也奇怪，尽管这堂课远比上个学期的广播新闻 I 累很多，难很多，但是除了刚开始做第三个片子时，我的心态有些浮动以外，从头到尾，我都没有再遇到上广播新闻 I 时的那种不适感了。脑子里想得很少，就是完成一项工作，再去做另一项工作。一件件做完，一件件争取做好。现在想想，有广播新闻 I 做过渡是极为合理的。如果那种不适情绪是在课业如此繁重的广播新闻 II 上释放出来的，那我肯定是迅速阵亡，直接“挂掉”的那个。当然，我坚信这样压倒性的收获感在很大程度上也是因为自己遇到了恩师格里利，他的每一点引导都在帮我更快成长，少走了很多弯路。

最终，我在广播新闻 II 课程上拿到了 B^+，是班上的最高分之一。拿到分的时候我有点儿惊讶，因为我觉得自己的成绩没达到这么高。兴奋之余，我和格里利还交流了我的想法。格里利给予了我肯定。他表示，有的时候等级不一定非要用死板的分数来评判，难道拿 89.5 分的学生就必须拿 B，不配得到 A 吗？答案一定是否定的。格里利觉得我的成绩一直比较稳定，作品一直保持着比较好的完成度。高分有过，亮点也有过，这就足够了。而且，他最看重的是我对工作的那份执着以及认真。他看到了我的努力和进步，他认为这些就值得这个 B^+。

我觉得这个 B^+ 对我来说意义非凡，因为它是我千辛万苦换来的一个莫大的肯定，是一个激励我继续前进的强大动力，它又一次给我增添了极大的自信。

说到连续作战，其实从进入格里利的课堂到在 KOMU 8 的每一天都是如此。在这漫长的战斗岁月中，有一场“战役”让我印象极为深刻。作为 KOMU 8 的记者，有一次我负责的新闻内容是关于当地政府某些议员建议加收该州对香烟的税费，以增加税收和警示人们吸烟对健康有很大危害。我要做的就是一条“反应”新闻，大家怎么看？支持的人怎么说？反对的人又怎么评价？为了新闻的客观性，两边的声音是都要包括的。

为什么说我对这次的新闻报道印象这么深刻呢？因为这是少有的让我在新闻采访过程中感到极度无助、无奈和焦虑的一次，也是少有的让我在编辑新闻的过程中感到极其紧张的一次。找到支持的民众当然很容易，不抽烟又讨厌其他人抽烟的老百姓有的是。毕竟加收香烟的税费对于这些不买烟的人来说是没有什么影响的，所以他们评论起来可以“随意”说，而他们也能从这项提案当中获得相当丰厚的利益。香烟的税费提高了，必然会导致一部分经济有些困难的群体减少买烟的频率，那么这些痛恨成为二手烟受害者的老百姓自然会拍手叫好，而新增加的税收也会在未来变相地用在他们和其他老百姓身上，所以对于支持者来说，他们恨不得通过才好呢，因为不管怎样他们都是获利者。

但是，找到反对的声音可就难了，至少比我一开始想象得要难。当然，我要强调的一点是，这个“难”指的是要在下午、晚间新闻播出前的短短一段时间内找到受访对象，还要计算驱车回台里写稿子、编辑画面的时间。我记得很清楚，报道的那天天气很热，我背着器材在加油站里到处找人。因为我平时很少在我们那里看见专门卖烟草的地方，只注意到很多来加油站加油的司机，在车子加油的空隙喜欢到加油站的便利店里买包烟。而且很多便利店也都挂着香烟的价格，那段时间张贴在加油站附近的关于这项提案的告示牌和广告牌也最多，所以自己下意识地就选择了来加油站碰运气。那天真的很不顺利，我鼓足勇气上前一个个询问，但结果基本上都是拒绝。我很着急，播出的时间在一点点逼近，况且我还要赶回台里做后期工作。我当时真的很绝望，汗流浃背，任凭时间一点点流走，到最后，我都有些不敢张口向一拨拨来加油的陌生人发出我的采访邀请了。

最后实在没招儿了，我竟然开始心存侥幸，心想：说不定把实情告诉老板，老板就会让我改天再做这个新闻呢？毕竟这不算是时效性很强的新闻，我是真的尽力了呀。于是我给老板拨通了电话开始汇报。出乎我意料的是，老板并没有表示出理解、生气、着急、不满或是其他各种情绪，只是很简短地告诉我：“你会找到愿意站出来的反对声音的，播出时间照旧。”真的很简短，他就结束了对话。撂下电话的时候，我有一种叫天天不灵、叫地地不应的挫败感。我顶着大太阳在加油站徘徊着，心想我要鼓起勇气再尝试一次，去试图说服一个持反对态度的老百姓站出来说话。就在这时，我看到一个壮汉大叔走出便利店，于是赶紧上前找他搭话。其实寻找采访对象确实是这么一个过程。不怕被采访的人事儿多，就怕你找了“一百二十”个人还是找不到愿意接受采访的，那才叫揪心，说服的过程总是让人心力交瘁。同样的话说第一遍还很有底气，也很有热情，说到第“一百二十”遍就只剩唉声叹气、听天由命了。

我自报家门并说明目的，以很客气却略带说服，甚至有点儿“恳请”的语气询问了他是否愿意接受我的采访。没想到峰回路转，还没等我说出来我准备的一大堆台词，大叔就欣然接受了我的采访要求。我喜出望外，马上架好机器进行了拍摄和采访，然后快马加鞭地赶回台里。回到台里，我就奋笔疾书，最后在老板的全力帮助下，才勉强赶上播出，可以说是在片子正式播出前的“一分钟”才把视频推送到播出线上的。完全是惊心动魄，玩了把心跳。连老板都摇摇头说：“我可真为有你这么个记者而感到头疼呀！你的前途可怎么办啊！”老板说的时候是带着一丝笑容，像是在以一种诙谐的语气调节气氛，又像是半正经地真想好好点点我，总之这其中深意我自己体会去吧。这次要不是老板在后面给我保障“后勤”+“打下手”，我肯定已经“死得”很惨了。我左有格里利，右有老板，真是太好的福气。

此处我要再说一点儿内容，是关于在KOMU 8报道的惯例的。刚才说到我几乎是节目播出前一分钟才把片子送上线的吧。为什么会这么紧张呢？其实片子编辑本身没有那么复杂，稿子也不难写，按理来说不会紧张到这个份儿上。所以我要解释一下这里面的原因。虽然我不太了解美国其他电视台日常是怎么操作新闻报道的，但是在KOMU 8，老板一方面为了照顾到广大网友的需求，另一方面又有意对电视播报进行融媒体的革新，所以要求每个记者无论是报道什么样的新闻，无论在什么情况下报道那条新闻，都要在回到台里后先给电视台的网站写一篇稿子，并经过他的审核后立刻刊登出去。时间紧张的时候可以先写得简短、概括，编辑完片子之后再来补充，但是不先发网络稿就编片子的情况是不允许的。即使你真这样做，他也是不会审片的。另外，老板强烈建议每位记者通过自己的推特进行新闻播出的简单预告或是内容更新。我们的“前台”也有专门的新媒体人员一直坐镇，他作为我们新闻编辑室里的一员，可以随时用KOMU 8的账号转发我们的推特内容，还可以实时监测各种机构、政府部门在社交平台上发布的内容，再进行转载、跟踪等。他也会关注电视台在脸书上的公众页面，看看有没有有价值的留言，是否需要产生派题。所以我在编片子之前还要先发网络稿，时间自然是变得极度紧张了。

其实想想，我觉得老板设定这样的制度是很对的，也是与时俱进的。随着电视新闻的观众数量不断下滑，网络时代对新闻报道的方式正在进行颠覆，“融媒体”的思想应运而生。怎样结合让新闻传播面更广、传播速度更快是每一个新闻人需要思考的问题。其实首先发布网络稿并不会让电视播报变得没有看点、没有新鲜感，反而能够起到预告、吸引网络观众的目的，就好像在说“欲知详情，请看电视”一样。而通过网络监测所得到的网友们的即时互动，也可以在电视节目开播前最有效地对节目播报方式、措辞、环节等进行微调，最终达到一加一大于二的效果。我们可以这样想：每天收看我们节目的观众群都在变化，借用网络能够时时完成互动反馈，其实在给不同的观众群量身定做他们当天愿意观看的节目。这虽然只是一种理想化的表述，但利用好互联网给电视带来的“冲击”却能成为电视节目“进化”的最大武器。因此，互联网的蓬勃发展绝对是我们的帮手，而并非敌人。现在来看，我唯一感叹的是，融媒体的电视报道方式在美国已经是在我上学的时候甚至更早就开始发展的了。KOMU 8 只是一个小小的地方电视台，在资源更多、市场更大的电视台中，我相信这一块的内容一定更加完善、更加新颖。反观现在的我们，即使进入到了 2018 年，我们的很多电视媒体还处在培养“融媒体”意识、尝试“融媒体”方式的早期阶段，很多互动方式还略显滞后。说到新闻播报本身，我很喜欢像 KOMU 8 这样“预告式”的融媒体报道方式，而非电视新闻报道结束后，才在新媒体平台上进行新闻转发的那种方式，因为那样的方式其实从某种角度来看，并没有起到吸引更多观众来看电视的目的，就是电视播电视的，网络放网络的。当然，我们现在还在摸索阶段，并正在努力向全媒体编辑部转型中，我们已经意识到发展的大趋势是什么样的。而在这个过程中所孕育出来的大小屏，也就是电视屏幕和新媒体平台进行互动的玩法、网络直播，并插入各种花絮内容作为大屏内容补充的播出方式还是有一定效果的。与此同时，在重大会议、活动的报道中，我们也渐渐开始培养好内容先发新媒体，再给电视播出进行全面制作的意识。我们还会给新媒体制作有趣的短视频，吸引更多不同类型的观众关注报道内容。在这样的发展过程中，新媒体不再是完全依附于电视内容的存在，原创内容的挖掘、特别直播的出现，正在使新媒体成为既能与电视呼应又能建立自我独立品牌的新平台。而电视报道如能与新媒体有机结合，将为培养一批新的忠实观众打开一扇大门。

说回到这次报道经历，我觉得自己真的学会了很多。如怎么在不顺利的情况下做到坚持，学会观察，寻找机会和突破口，如何和被采访人进行交流，用什么样的策略更容易获得采访，怎么在时间紧迫的情况下完成好工作、兼顾新媒体的内容发布。这一切的经验和教训都在一次的锻炼中“扑面而来”。虽然不能一口吞下个胖子，但我觉得可以把这些好东西装起来慢慢消化和实践。

虽然格里利是我的“人生导师”，但这次的故事又让我再次感叹，有一个这么肯帮我的、亲力亲为的老板真的太幸运，实在不能不再说两句话去夸夸他。记得有一次，我只是用台里的机器给自己的一门专业课编辑一个视频，并不是在做要播出的片子。我在一个技术环节上遇到了问题，一个特效怎么也做不出来，问了一圈人都没能给我解答。因为是个创新作业，用到的是平时播新闻不太会用到的剪辑技术，所以大家都不太熟也是很正常的。我想了想，大晚上，还是直接给“技术大拿”老板打了个电话，心想哪怕他在电话里教教我也行啊。果然老板是会做的，但令我没想到的是，老板竟然直接驱车回到台里手把手教我搞定了。他还很淡定地说：“反正我刚走没多久，电话里也不好说，还是直接回来吧。这次教完你，你就得记住了哦。”当时我真的被老板的暖心之举所感动，天底下哪里去找这么没架子、这么愿意帮助后辈的老板啊。他都培养不出精兵强将的话，那这个词真的要在这个世界上消失了。

我的实习经历，哥伦比亚广播公司电视台我来了！

大三的生活很快过去，在经历了格里利的魔鬼训练后，我已经成为了一名“身经百战”的战士。对于美国的大学生而言，大三的暑假是尤为重要的，因为这是大学四年生活中唯一一次真正意义上能够获得“最佳”实习的机会。怎么讲呢？第一，大三已经进入大量的专业课领域，这正是将理论与实际相结合的最佳时机。第二，这是大学毕业前作为学生的最后一次长时间的休假，要想在离开校园前积累好的工作经验，这也将是最后一次机会。第三，这份实习的获得有可能会成为每一位准毕业生第一份工作的敲门砖，很多学生都用自己的实力在这次实习中说服了自己的领导，成功的让这些大老板将自己留在了实习的公司里。

所以，对于尤为注重实习经历的美国人来说，他们都是在这个暑假摩拳擦掌，本着豁出去的坚定意志“数以百计”地投送自己的简历给自己心目中理想的A、B、C、D公司。而且要想在大三暑假找到好的实习，就要至少提前半年开始筹划。很多大公司甚至提前半年都是不够的，大二就得开始准备，和负责人接洽，询问实习的机会和申请的流程。有的时候想要去一个理想的实习公司，还需要曾经在那里实习过的学长学姐或是其他相关人物做推荐人才能增加被录取的概率。因为很多好的实习都是给工资和学分的（当然给工资的情况还是相对少些，学分是一定没问题的），所以来自全美所有高等学府的准毕业生们都搅在一起，竞争之激烈可想而知。

虽然那个时候我还没有决定毕业之后是否留在美国，但是既然学了这么一个很需要实战经验的专业，我想光在学校本州的这一亩三分地有所作为还是不够的，于是我也决定和美国本土的准毕业生们一起走出去看看，见见世面。

我投了很多简历，基本上都是美国主流媒体在各个州的关联电视台。我不太想去华人媒体机构，因为我觉得自己既然选择来美国学新闻就应该“入乡随俗”，努力体验当地的媒体氛围，感受更多不一样的东西。尽管和美国本土学生争夺美国媒体市场的实习工作份额（还是好的实习工作）是件艰难的事情，但是我觉得这样的实习收获才会更多。而且如果将来我选择留在美国工作，这份实习也会成为我的敲门砖。我总不能去申请美国本土电视台的工作，但简历上却写的是我在中文电视台的实习经历吧。而且华人电视台或者其他中文媒体公司在美国当地的主流影响还是很有限的，要想了解和学习更多欧美的传媒文化和先进技术还是应该走进他们的媒体一探究竟。

虽然想法是好的，但是现实却是残酷的。我联系了大大小小不下几十家电视台，但是能够给我电话面试机会的却并不多。即使是给了我电话面试的，也多半都再无音信。尽管离大三的暑假还有段时间，但是我的心还是变得越来越忐忑，不断地认清自己是个外国人、很难真正融入人家主流媒体的事实。就在这个时候，我的恩师格里利又伸出了援助之手。在我申请的众多实习机会中，有一个是美国哥伦比亚广播公司（CBS）在田纳西州纳什维尔（Nashville）的关联电视台（不为CBS所拥有）。这个电视台在全美都是排得上的，市场排名非常靠前。格里利在一次和我偶然的聊天中得知了我申请了这个电视台，于是暗地里给他的学生，现在已经成为该电视台新闻中心领导之一的米歇尔（Michelle）发了邮件，介绍了我的情况，并且恳请她助我一臂之力。在格里利的信誉担保下，我顺利地进入了这个电视台。后来得知，这种美国本土的大电视台是很少招收外籍实习生的，因为我们的竞争力比较弱，观众的认同感也低，即使真的是很优秀的人才，人家想聘用你，之后也会牵扯到身份方面的很多问题，办起来要比本土学生麻烦很多，又不是没得挑，所以还是绕开我们比较好。说实话，纵观美国主流媒体电视台工作人员的构成，能留在幕前第一线工作的中国留学生真的很少。所以这次的实习机会对我来说十分宝贵，我不能浪费了格里利卖出去的人情，得

经验之谈

在这里，我建议外籍留学生，如果想找到美国当地好的实习，但是又无从下手的话，不妨问问自己的导师或者教授，看看他们有没有好的地方推荐给你。当然，做成这件事情的前提就是，要和这位教授关系甚好，和他建立起深厚的师生情感。这样在关键时刻，他们总是愿意帮助你，而且影响力会极大。

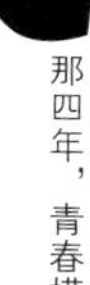

好好加油长本事才行。

怀着对格里利的感激之情，我毅然决然地把整个暑假需要用到的行李全部装上我的二手车，头也不回地独自踏上了七个小时左右的驾驶旅程。

来到这个美国乡村音乐之都，泰勒·斯威夫特（Taylor Swift）成名之地，我感受到了和我们大学城截然不同的人文气息。很简单，很质朴，也很自然，这就是我的第一印象。生活节奏也不算很快，很休闲，很惬意。我很幸运，找到了一个中国室友。我的这段高强度实习如果缺少了她对我的关怀，真的很难想象如何坚持到最后。这位室友后来成为了我的好闺密，我也在未来的某一天成为了她的伴娘。所以说，人的际遇是很奇妙的。很多个关系叠加在一起就产生了奇妙的反应，最后制造出了一种崭新的关系，而这种关系可能还会影响你一生。

记得第一次进实习电视台的时候，我充满了好奇。因为电视台相当知名，自然要比我们那里的电视台“阔气”很多，用的设备也更加先进。看着其他本土实习生，我的压力很大。我知道我不能给格里利丢脸，也不能让米歇尔失望。但我也相信我是训练有素的，应该能够很好地完成这次实习，满载而归。

无论是大台还是小台，其实每个电视台每天的工作流程都是差不多的，所以在这里，我不想用过多的笔墨再去描写我都干了什么。不过与以往在 KOMU 8 不同，作为实习生，我更多的是以旁观者的角度去观察顶尖记者是如何完成工作、抓住每天的新闻点的。我在这次实习中也充分感受到了我们学校的优势，也理解了为什么很多好公司、大公司愿意吸纳我们学校的毕业生，因为我们的实战能力确实要比其他学校的很多毕业生强。比起还对这个电视台使用的编辑系统不太熟悉（我之前说过我们学校新闻系从学校练习到台里实践都是在用 Avid 系统，这和很多美国规模比较大的电视台没什么两样。而其他不少拥有新闻系的美国大学所配备的编辑系统达不到 Avid，所以他们需要更长的时间去学习和适应这个电视台里的系统），没太多工作经验的他们，我们真是不太用教，直接上道，悟性还高。

我跟了这个电视台里的很多记者，每天开完晨会以后，我就瞅准自己想跟的某一个报道任务，抓住时机上前沟通，争取那个当班的记者同意带上我同行。我难得有机会接触到了一些以前接触不多的犯罪案件和突发事故，更多地学会了如何与不同类型、不同职务的人进行交流的方法和技巧。真正目睹过重大车祸现场、救火现场、犯罪现场之后，我对新闻工作者有了更高的敬意。很多突发新闻都会给你巨大的震动和冲击，可能你都还没有整理好思绪，就要去冷静地分析现场的情况，接触在那一刻情绪波动可能很大的受访者，最后再写出客观、真实的新闻稿，这其中的不易跟过一次就能了解。

除了有机会去“观摩”更多种类的新闻如何完成之外，

这个实习让我收获最多的是我特别申请下来的每周一次的大夜班。我是所有实习生里唯一一个申请夜班的。虽然辛苦，但是我想既然来都来了，还是接触全套的吧，其实累点儿也值得。本着这样的决心，我的艰苦生活就此拉开了序幕。每次夜班都是晚上十一二点进台，先帮助整理晨间新闻的稿子，然后等当班的记者来了以后，就和她出去采新闻，看她完成现场连线（我实习的这个台的大夜记者几乎每天都要完成一次现场连线，这极大地考验着记者每天挖掘可视性、可直播性强的新闻的能力），结束一夜的工作。做晨间新闻和做平时的常规新闻真的很不一样，如何分配体力、如何选题、如何更贴近观众、如何将更多不失趣味性的信息讲给观众听，都是需要花更多精力去思考的问题。在我眼里，晨间新闻很不好做，尤其是一播就几个小时的超长晨间节目，因为每天的第一档节目好像在给每个观众定下他们这一天的生活基调一样，又要有干货，又得足够柔软，还得元素丰富，尺度的把握真的不容易掌握，好像什么样的新闻或是环节都可以加进晨间节目，那么从中选择并进行有机组合就更需要功力。真希望自己有一天也可以去挑战一档早间节目，从中得到的成就感和获得感肯定与众不同。

在纳什维尔实习的日子很充实地度过了。对于这次实习，学会相处，学会成为一个优秀的齿轮，在不停地转动中慢慢成为那个中枢，就是这次成长的试练。

实习中的我

耗时数月的同性恋专题报道

眼看着就要毕业了，想做的、想尝试的似乎也都做得差不多了。仔细想来，觉得一直都是老师或老板给个题目，然后我们去完成。又或者是为了当天节目的播出去“赶”一条我们认为有价值的片子。记忆中，好像还真的没有为了某一个自己想做的主题，不为交作业，不为赶播出，只是静下心来，走访各地，采访各个群体，尽力去塑造一个“作品”，一个有深度、有灵魂的新闻作品。

此时，我突然想起格里利在他的第一堂课上对我们所说的话。他说他来到密苏里大学的新闻学院就是要在领域里如此厉害的学府做厉害的事情。除了培养成绩优秀的我们，能够独当一面的我们，多参加一些领域里的大赛也是他常常鼓励我们干的事情。在美国，每年都会有几个专门为大学生新闻工作者准备的奖项，以表彰那些发挥出卓越潜力的孩子（大部分奖项都要求提交在正规的新闻媒介上正式发表、播出过的作品，当然也有专门为比赛创造作品的）。刚上大学的我甚至连这些奖项的名字都没听说过，也从来没有想过要参加其中的某一项。我总觉的这些事情离我很遥远，离外国留学生很遥远。但是随着自己一步步成长，在格里利的鼓励和肯定下，我发现自己还有很多的可能性值得去找寻和挑战。我突然想：或许我还有一件事情可以试试，为什么要把自己局限于外籍留学生这个狭窄的定义里呢？在密苏里大学，我就是一名普通的新闻系学生，任何与之相关的事情我都可以参与，而且我和别人一样，都站在同一个起跑线上，那些荣誉和收获在我们任何一个人的面前都是平等的。

深思熟虑了很久，我决定参加一个叫作福克斯新闻频道大学挑战（Fox News Channel "College Challenge"）的比赛，这是大家耳熟能详的福克斯新闻频道（Fox News Channel）主办的一年一度的赛事。全美所有大学本科生都可以以个人或者团队（团队人数不能超过四人，且队员需要来自该学校同一学院）的形式递交一个视频新闻作品，题材可以自行决定，当然选题和拍摄角度也是考验参赛选手能力的一环。作品不能超过三分钟，并且要在规定的截止日期前，在线递交给福克斯新闻频道（在无法在线提交的情况下，可以使用邮寄形式），获奖的团队将被邀请到福克斯新闻的招牌节目中做客、接受采访、参观福克斯新闻的大本营，如果你是大四学生的话，还能得到竞争福克斯新闻大家族的一个初级职位的机会。当然，得奖也会有奖金，金额为一万美元，大家平分。听起来是不是既诱人又华丽？

一开始，我想要参加的目的很简单，就是给自己一个机会全身心地投入到一个“小专题片”里去。说实话，习惯了每天那种新闻报道的模式，能够潜心去做一个耗时长的具有深度的新闻是很不容易的，而且这样的机会也不多。获不获胜并无所谓，得到全新的体验，并能在这个体验中有所收获我就满足了。

想到就要做到，准备得越充分，越能做出有力量的新闻。但一个人的力量是有限的，于是我找到了我的同班同学彼得（Peter）。瞄上他很长时间了，他是一个个子不高但看起来很结实的男孩子，性格开朗阳光，而且愿意帮助别人，也很好相处。除了平时的常规新闻报道，他一直都在给 KOMU 8 做体育新闻，而他做出来的体育新闻质量连格里利都认为不错。他十分擅长剪辑，对镜头的拍摄和运用都有着自己独到的见解。而且他不怕吃苦，又肯下功夫，真的是个完美的作战伙伴。他能同意一起来做，我求之不得。在此插一句，我回国后，彼得曾经告诉我，他找到了一份适合他的体育记者工作（不过现在已经跳槽了）。虽然他也很喜欢烹饪，梦想着能有一档属于自己的美食节目。他和我说他想要去的电视台已经没有体育记者和体育主播的位置了，给了他新闻记者的职位。他自然不是很满意，毕竟那不是他想做的。于是他灵机一动，把他自己做得最好的体育新闻短片寄给了那个电视台体育新闻的领导，结果意外地收到了回复，为他专门增加了一个体育记者的岗位。我真的替他高兴，高兴他的才华能够得到赏识，印证了“是金子总会发光”的道理，同时也赞赏他不放弃的精神，能够为了自己的理想去挖出一条路来。我认为那个时候选择他做我的搭档应该是我在新闻工作中做过的最正确的决定之一。

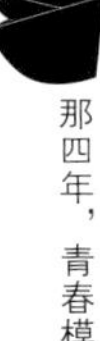

就这样，我们的临时搭档生活开始了。其实参加比赛，采访、写稿子、剪片子都不是最难的，最难的是选题。每个参赛队伍都要有一个顾问老师作为团队的“监护人”，而我们也自然地请到了格里利做我们的顾问，因为没有人比他更专业，更有能力了，而且他曾经带出过获得此项赛事第一名的学生队伍，对比赛的诸多事宜都很了解。

起初我们开会都是在讨论选题的方向，看看最近有什么热门话题，什么新闻大家关注得比较多。最后基本上锁定在了医疗改革和同性婚姻维权这两大块上（即使比赛已经过去了这么些年，我感觉这两大话题还是不过时啊）。医疗改革是彼得提的，点子相当不错。大家都知道，不管是美国前总统奥巴马还是美国现任总统特朗普都在医疗改革上有着极其浓厚的“兴趣”。而在我们准备选题的时候，也就是奥巴马执政时期，医改题目确实很有话题性，受到全民关注，支持声和反对声都很高。如果是写一篇深度剖析的文章，这一定是个不错的选择。但是，如果是一篇电视新闻报道，要做好可就非常不容易了。这个话题有个致命的弱点：什么是有冲击力的可视性画面？也就是说怎么能拍得好？找州议员或是医疗机构、普通老百姓来多角度地谈谈这个改革倒是没什么难度，但抓人眼球的点位在哪里呢？我们又能挖出什么深层次的矛盾呢？新意和独特性怎么体现？在探讨这些问题时，我们发现做这个选题并不理想。

接下来就要说说我准备的选题了。对于我提出的同性婚姻维权的这个选题，彼得和格里利似乎都很感兴趣。历史总是会向很有趣的方向发展，我总是这么认为。在美国同性婚姻已经全国合法化的今天，聊这段往事真的有一些在预言未来的感觉。当时的我们一定不会知道，在如此短的时间内，同性婚姻合法化就在全美迎来了曙光，而那段经历也让我们不由得认为，好像自己站在了某一小段历史的正中间，为这段历史的书写起到了某种“关键性”的作用。这种感觉十分奇妙。

先让我来好好讲述一下这段故事本身，再来继续感叹吧。其实这是一个在美国长久以来一直说了又说的老掉牙的话题，但是我们要参加比赛的那段时间里发生了相当多的事件，让这个话题又有了新意。首先，在我提出这个选题的一段时间之前，密苏里州的某共和党州议员在在任期间，以州议员身份公然向全美大众出柜，表示对同性维权的支持，这可是美国历史上的首例。此外，奥巴马也在一次公开访谈中表示，他个人认为同性伴侣应该得到法律的保护，其婚姻应该得到法律的承认。最早的美国联邦法律并没有明确规定婚姻是一男一女的行为，直到时任总统克林顿在1996年签署生效了《婚姻保护法》，界定婚姻为一个男人（a man）和一个女人（a woman）的行为。不过最戏剧性的一幕是，时隔多年，克林顿竟然自己站出来说他自己曾经签署的《婚姻保护法》应该被推翻，着实有点儿讽刺。

与此同时，密苏里州在2012年的夏天（离我做专题的时间不太远），也将同性恋话题推到了风口浪尖上。那时候有州议员提出了“不要谈到同性恋”法案（"Don't Say Gay" Bill），内容就是说任何人禁止在任何公立学校里教授或讨论有关性取向的内容。这不但是对同性恋群体的一种巨大否定和抵制，更是一种公然的表态：同性恋群体是这个社会的异类，讨论有关他们的话题是错误的，不合乎常理的，他们不应该被认同。这样的提案也促使了我刚才说的美国历史上第一位在职共和党州议员公然出柜的事件。当时这起事件可谓是轰动全美，被所有电视台争相报道。虽然提案没有通过，但是同性话题却在2012-2013年在全美掀起了讨论的热潮，成为了关注的热点。那一年美国多个州迅速地通过了同性婚姻合法化的提案。在我们的报道播出的时候，全美已经有十二个州加上华盛顿哥伦比亚特区成为了同性恋群体的结婚“福地”，很多人都说美国联邦政府拿掉过去的“婚姻制约”，成为全国同性婚姻合法的国家指日可待了。

面对这样一个话题，虽然工程会很浩大，但是我们都充满干劲儿。首先，几经辗转我们找到了一对相恋九年的同性恋伴侣。他们都是五六十岁的人了，各有各的故事，都能写成一本书。两位老爷子都叫戴维（David），其中一位曾经有过一段婚姻，还有一个女儿。

找到他们虽然不容易，但是见到他们之后，他们却很欣然地接受了我们的拍摄请求，愿意让我们在接下来的两个月里多次到他们家中，拍摄他们的日常生活，采访他们对同性婚姻以及同性维权的看法。他们养了很多条大狗，主人公中的一个戴维还是当地一家电台的主播。起初我和彼得商量了很多对策，尽管我们都是思想很开放的人，但面对这样一个“特殊群体”，想要很“自然地”与他们长时间相处，好像还真的没有我们想象中那么顺利。在第一次见面的时候，我和彼得都告诉自己要自然，但难免还是会有一些“刻意和做作”。

好在熟识了以后，我们的交流和相处变得顺畅了很多。我想，这一对老人真的是在很努力地配合着我们这两个年轻人。他们会留意我们的反应，然后真诚地去“除掉”一些隔阂，所以冲破我们之间那道墙的功劳应该给予他们。在他们居住的那个木质“小屋”里，总是充满了大狗嚎叫、两位老人说话聊天以及各种电器嗡嗡作响的声音。这个家很普通，很简单，虽然隐藏着太多故事、太多伤感甚至是屈辱和痛苦，但同样也充满欢乐、平和以及各种生活琐事。

我和彼得不想仅仅做一个讲述一对同性恋伴侣生活故事的片子，那不是新闻，那只是人物写实。我们想要做的是通过他们的视角，他们的生活，切入政治、宗教以及其他因素下美国同性恋群体的社会现状。在成功“拿下”两位戴维之后，我们开始从政府官员和宗教就职人员“下手”，展开两面夹击，再最终汇合的进攻策略。这是一条漫长的道路，我们各自都花费了相当长的一段时间，找到各自负责领域里的受访对象，然后拼尽九牛二虎之力去说服他们接受采访。回想起那段时光，我觉得这么多年过去了，都不曾有争取采访的难度超过当时，渴望得到采访的心情超过当时。那既是一段十分煎熬的日子，同时也是一段太过宝贵的日子。当时的一切都是没有退路的，得不到，这个片子就不再成立。

彼得负责的是宗教方面，我知道他为此挖空了心思，绞尽了脑汁。为了能找到合适的教堂进行拍摄，并采访相关神职人员，他托了很多人，打了很多电话。正所谓功夫不负有心人。我们最后拍摄到了不止一家教堂，甚至由此展开，最后形成了一个针对同性婚姻、同性话题发表不同看法意见的扇面图。我们选中了三家教堂，它们分别代表了不同的声音。一个是基本不接受派，其实几乎可以被定义为与同性恋群体对立的那一面；另外一个是认为同性恋群体是可以被接纳的，应该批判的是同性恋本身的罪恶；最后一个认为同性恋群体应该得到开放包容的对待，他们是自由的，教堂十分欢迎他们，而且是真的以友善的态度来欢迎他们的到访。

听到反对的声音是在我们意料之中的，但我们完全没有想到，原来在宗教信仰中竟也有这么多不同的声音存在，这完全打破了当时广大民众对于宗教就是反同性恋的这一固有思维定式。这样的收获对于我们的片子来说实在是太宝贵也太需要了，它同时具有了新鲜感和创新性，非常容易引起观看者的好奇和关注，有一种终于不再是老生常谈了的成就感。

宗教方面的采访收获是满满的了，该轮到我这边了。我负责的是政府方面的采访和拍摄。因为之前在州政府工作过一段时间，对里面的情况要相对熟悉一些，所以我就自告奋勇地接下了这摊活儿。找到支持同性恋群体的州议员自然是比较容易，但是想要找到愿意公然在摄像机面前大肆宣扬反对言辞的州议员可就不容易了，尤其是在当时那个特殊时期，之前提到的法案才引起轩然大波不久，面对各种舆论压力，相关的州议员都变得非常谨慎。谁愿意在大背景趋于支持同性恋群体的敏感时期“故意”惹来部分民众的骂声或是给自己找“不必要的”麻烦？当然，我们的想法是在最理想的状态，找到支持那个法案的州议员之一，让他站出来代表对立面，这是再适合不过的了。可是我几乎打遍了所有公开支持提案的州议员的电话，无论是秘书接的还是语音留言或是本人接的，我接到的都是拒绝，而且有些态度还很恶劣。在听过了无数次甚至有点儿变成“谩骂式”的回应后，再去拨打下一通电话就变得十分艰难，我要鼓足好大勇气，重复着一样的说明，听着一样的拒绝言辞。大概是受到公然出柜的州议员和一些外界舆论声音的压力吧，谁愿意在这种风口浪尖上站出来去谈论一个已经被宣判“死刑”的提案呢？我几乎放弃了希望，精疲力尽。事实上，据我所知，在某共和党州议员公然出柜和事情变得大条以后，当地很多记者都试图采访这些支持提案的议员，但很多都以失败告终。对于我们这么一个仅仅是来参加比赛的报道来说（其实之后在 KOMU 8 播出了超长版本），谁又会当回事呢？

记得那天中午我坐在家里的椅子上，一边看着电脑一边“悠哉”地享受着午饭，什么都不想想，就想清闲一会儿，暂时先不要让自己进入焦头烂额的状态。吃饭途中我突然接到了一个由陌生号码打来的电话，于是“随意地”接了起来，嘴里还嚼着米饭。结果没想到，这个电话竟然是支持那项提案的其中一个州议员的秘书打来的。我觉得我嘴里的米粒顿时卡住了嗓子眼儿，实在不敢相信自己的耳朵在接下来的半分钟内听到了一番“令人震惊”的言辞。秘书告诉我，那位州议员改变了主意，同意接受我的采访了。卡住的米粒被我强行吞咽下去，我赶紧调整坐姿，很礼貌地和对方预约好了采访时间。就这样，我神奇地被这位州议员“拯救”了，真是有一种突然被彩票砸晕的感觉。我赶紧把这个好消息告诉了彼得和格里利，本来我们都在讨论备用方案了，没想到最后柳暗花明又一村，天无绝人之路。在采访这位州议员的时候，我问了他为什么突然改变了主意。他回答道，可能现在社会上有很多声音，而他自己也代表了其中的一种。他认为是时候站出来表达他们这一群人的观点了。听起来是不是有点儿老套？但我还是很感激他在那个时候决定站出来发表观点。我就当自己是踩对了点儿，正好被他选中用来当发声筒的工具好了。从这个角度来说，我的运气真不是盖的。

不过采访的过程可并不那么“令人愉快”。我得使用不同的迂回方式才能询问出他对同性婚姻以及同性维权的看法。起初，他很谨慎，说话都是比较模棱两可的，有点儿不痛不痒。我心想：“您这到底要不要配合采访？成心的吧？到手的鸭子可不能飞了，也休想飞了。”这么想着，我就耐心地跟他斗智斗勇。只要他不给我吐出硬货，我就一遍又一遍不厌其烦地换着方式问，反正我可不嫌自己烦。可能是我的迂回战术起了作用，他被我不停绕着圈子的问法有点儿整“懵”了，开始表达出一些带有个人色彩的“真实的”想法。最终，在漫长的拉锯战中，我获得了胜利。我如愿以偿得到了“想要的”采访，不是那种“安全的”采访，而是“充满真相”的采访。从格里利那里学到的东西哪有白学的，该用的时候就应该用上。

就这样，从一对同性伴侣的“普通”生活中，我们引出了宗教和政治给这个话题带来的多重影响和复杂的社会现状。想要的一切都有了，甚至可以说是完全超出了我们的想象。再加上之前那位共和党州议员出柜的视频、奥巴马公开支持同性婚姻的视频和其他一些相关视频资料，我们的新闻专题作品可以说是一切都就绪，就差“合成”了。在编片子的时候，我终于体会到了拍电影时，导演因为时长不够而需要忍痛割爱地删减剧情是一种怎样的痛苦感受了。短短的三分钟要容纳这么多内容，还要看着流畅，情节递进非常自然，简直就是不可能完成的任务。这个过程太痛苦了。一次次地删减，一次次地调整，留出最精华的，把一切不需要的细枝末节都去掉，我们最终迎来了成品。完工的时候我再一次感叹，选择彼得真是谢天谢地呀。在网上看到提交成功的字眼时，我的眼泪都快掉下来了。几十天的时间，漫长地寻找和摸索，一次次地碰壁，一次次地遭到拒绝；打电话，和人沟通，遭人白眼，说服别人；

比赛小片线上递交成功

驾驶、拍摄，再驾驶、再拍摄，一次次预约，一次次去不同的地方采访。我们是在用心编辑，用心报道，用心创作。两个人的力量变得无比巨大，我们不但是最坚韧的个体，也是最强的团体，协作绝对是我们这次学会的又一个重大课题。

结果，我们没有胜出，但我们并不遗憾。过程大于结果，在这次的经历中尤为适用。其实我们从开始就预料到了这样一个结果。福克斯新闻本身是一个立场相对亲近共和党保守派的电视台，所以对于这样一个“激进”的话题，我们可能早早就输在了起跑线上，但我们从不后悔选择了这个话题，我们就是想做一个有质量的新闻报道罢了。获胜的是一个来自纽约学校的团队，报道的是一个在格里利和我们老板看来“无关痛痒”的话题，以至于老板最后撂下一句：“估计他们没钱付机票和住宿费吧。”甩头就走了，当时大家爆笑的场景我现在都还记得。虽然没能给自己的简历上增加一笔金灿灿的纪录，但我觉得这次的经历仍然是值得拿出来一说的骄傲。大概我们的片子真的得到了大家的认可，格里利和老板都觉得不播出去太可惜了，于是特许我和彼得分别为 KOMU 8 的两档晚间新闻节目做一个上下集的特别版本，时长一共八分多钟。得知这样的安排后，我只说了一个字，哇！扩充好内容，我们的报道最终在某天晚上的晚间六点新闻中播出了上集，十点新闻中播出了下集。这种横跨两个时段，以上下集形式播出的新闻特辑在 KOMU 8 的播报历史上也是不经常见到的。这次没有出乎意料，节目播出后反响强烈，引起了不小的轰动。这是我们更加期盼看到的。我们通过自己的双手展现了新闻的真实，我们履行了一名新闻工作者应该履行的职责。我们得到的是观众的认可，这就是最重要的。我们的新闻报道是有价值的，这就是最理想的。

讨论播出时间时，由于日子比较临近毕业典礼的时间，我特意“央求”老板选择在我父母和我姐姐来美国参加我毕业典礼的时候播出，老板欣然答应了。就这样，又一个难忘的时刻印在了我的脑海中。当晚的播出是以我和彼得共同在演播室里进行开场白的形式呈现的，我的家人们可以走进演播室亲眼目睹我作为一名新闻工作者所表现出来的品质，我觉得格外有意义。虽然我的父母听不懂英文，但是我想他们一定理解了，一定觉得很棒。在他们的注视下，我完成得更加自信，这是一种很好的完结，一种很好地结束我在 KOMU 8 使命的方式。那一天我问格里利，这一次我是否做到了非常好呢？格里利非常坚定地点着头：“恩，作为收官之作，这个作品是最棒的。”我笑了，这就是最好的答案。

值得一提的是，在我回国后的 2015 年 6 月 26 日，同性婚姻在全美合法化。当天，彼得从社交平台给我发了信息。他按捺不住兴奋之情，他觉得我们好像成为了历史的推动者一样，虽然这种想法真是“毫无根据”的胡思乱想，

同性恋话题特别报道播出画面

但是他就是这么不可思议地觉得，觉得我们做的事情很有价值。看到这些留言，我也有种兴奋之情，并且十分感动。我的搭档还这么深刻地记得我们在很久之前共同做过的一件事，无论时间过去多久，这件事带给我们的收获仍然深深地扎根在心中，无法被任何其他事物所替代，这种感觉真好。

“日理万鸡”的故事

说到快要毕业的那段日子，我感觉自己开始进入到了一种播种后终于迎来丰收的节奏。我慢慢从没早晚、没六日的繁忙生活中抽离了出来。正是节奏的一点点放慢，让我有机会对自己做过的每一个新闻故事都留下更加深刻的印象，其中就包括我和一群鸡的故事。

偶然听闻在临近的一个城市里，有一对兄弟。哥哥达斯汀（Dustin）在他一年级的时候收到了来自叔叔的一个小礼物，就是几只小鸡。谁的童年没养过几只小鸡呢？然而，在这里拉开序幕的是哥俩将小鸡养到极致的传奇故事。从2007年开始，哥俩看到了当地销售鸡蛋的强大市场潜力和存在的市场空缺，于是决定开始全面经营起养鸡卖蛋的“宏图大业”。我采访的时候，达斯汀只有二十岁，但是他和他的弟弟已经成为当地的鸡蛋供应大户之一了。而且说出来一点儿都不是吹牛，就连我们学校的食堂、大型连锁超市以及很多酒店都在选用他家出品的鸡蛋。

我报道这篇励志新闻时正赶上美国很多地方失业率比较高的时期。很多人，尤其是年轻人或者是刚毕业的大学生都面临着残酷的难就业现实，而这对兄弟恰恰成为了在这种艰难时期下，用自己的一双手闯出一片天的“草根英雄”。他们每天六七点左右就起床，要陆续完成收鸡蛋、洗鸡蛋、装箱、运送等一系列工作。白天还要兼顾学校的课业，工作量之大、压力之大可想而知。从六只小鸡起家到现在拥有一万两千只鸡，他们小小年纪就已成就了一番大事业。

当我开车来到他们居住的城市找寻他们的家时，我很快就分辨出了方向。因为快到目的地的时候，我能看到道路两旁零零星星的小鸡在不停地徘徊，就像我的领路人来接我一样。兄弟俩住的地方是那种接近农村似的环境，很清新，很自然，满是泥土地。在一群鸡的“列队欢迎”和“簇拥包围”下，我把车停在了他们的院子里，下车与小鸡“寒暄”了起来。兄弟俩此时正在忙活着，还没有时间停下来和我交谈。他们的养鸡场完全是人工作业，基本上就靠兄弟俩。因为父母都还有自己的工作，所以他们能为兄弟俩做的也就是搭把手帮点儿忙罢了。

说起来这是我第一次与这么多只鸡亲密接触。兄弟俩虽然非常配合，但是这支庞大的鸡军团可就不听我使唤了。刚进养鸡大棚的时候，我甚至都不知道应该把摄像机的三脚架支在哪里，简直难以下脚。只要我一站定，疯狂的鸡群就向我冲来。我此行最大的失误就是没有穿厚裤子，当无数只鸡在我的小腿上啄来啄去时，那种感觉真是糟透了，完全哭笑不得。好在那会儿天气还算有点儿冷，我好歹穿了厚袜子，如果是薄袜子的话，估计等我采访完，那可怜的袜子一定已经变成蜘蛛网了。

拍摄兄弟俩收鸡蛋的时候也着实费了点儿劲，最主要的问题仍然是没地方“下筷子”。鸡乌泱乌泱地蹲坐在那里，我简直就是一边扒开它们，一边完成跟拍的。而为了拍出连续、角度好的画面，我已使出十八般武艺，在鸡群中一边与众鸡搏斗，一边继续我的工作。

这样的体验真的很少，虽然有些狼狈，却十分有意思。采访哥俩的时候，我自己也深受感动和鼓舞。他们目标明确，能够清晰描绘出自己的理想。他们接下来的计划是将工作效率大幅度提升，实现一定程度上的机械化操作。他们喜爱养鸡，也喜爱他们的鸡蛋事业。弟弟虽然不像哥哥那么善谈，但是有句话我却牢记在了心里。他说：“可能很多大学生或是年轻人都对未来有着灿烂的憧憬，但是我相信干大事的人也都是从小事做起的，打个比方，也许是从麦当劳的服务生做起的。没有人能从一开始就在顶层，你还是要从底层来，然后努力向上爬。”他的声音和表达方式都很质朴，听到这些话的时候，我不由得频频点头。在当时那样一个就业有些困难的时期，他们没有唉声叹气，反倒是越战越勇，为自己创造出了生存下去的机会。这么年轻的“孩子”都可以，其他人也一定可以。

要特别感谢这两位传递出满满正能量的少年，他们的故事也给我带来了意外之喜。虽然福克斯新闻频道的比赛我失利了，但是凭借他们有趣精彩的故事，我收获了另一个新闻奖（Mark of Excellence Awards）区域奖项的两张“金灿灿”的证书，一个是一般新闻类的，一个是电视新闻摄影的，后者还拿到了第一名。在这件事情上，我要非常感谢我的老板。虽然他说历年得奖的外籍学生并不多，但是他还是鼓励我去试试看。为了选出更有竞争力的作品，老板不厌其烦地看着我以往做过的报道，并最终选择了这个特别的“日理万鸡”作为参赛作品递交了上去。就这样，某一天我惊喜地收到了官方邮件，告知我获奖的事情，并邀请我去圣路易斯市参加颁奖典礼。虽然没有获得全美的奖项，但是能够得到一个区域的奖项对我来说已经是天大的褒奖。那种感觉不知道应该怎么形容，就像是天上掉了个大馅饼砸到了我。就是这群缠绕着我，让我无从下脚的鸡群，帮助我实现了“得奖梦”。我感觉自己在那一刻不比任何一个美国本土的新闻系毕业生要差，反而我可以做得更好。这样的想法在四年前刚进校门的时候可是不敢想的。回首在密苏里大学的这四年，我觉得我获得的最大收获就是学会相信自己、让自己拥有强大的自信心。经历过那么多事情让我明白，这种自信心的建立是多么来之不易，就像拼拼图一样，是一块一块用自己的双手拼凑起来的。

我与“日理万鸡”的故事

颁奖礼虽然很简单，但是在众老外的鼓掌声中接过奖状时，我还是很想落泪。这一个接一个的收获让我在学校最后的日子里一直在勾画着不能再完美的句号。我除了感恩就是感恩。我终于明白了那句简单的话的道理：在这个世界上，任何东西的付出都不一定有回报，除了学习本身。之后继续经历的人生仍然向我传达着这句话的真理。既然别的东西我都无法掌控，那么我就紧紧抓住我可以抓住的吧，只要我还有学习的能力。

参加区域奖项颁奖典礼的我

2012 Region 7

MARK OF EXCELLENCE AWARD

FIRST PLACE

presented to

MENGTI XU

University of Missouri

Young Centralia Brothers Grow Egg Business With Their Own Hands

in recognition of outstanding accomplishments
in collegiate journalism in the category of

Television News Photography

2013

获奖证书（部分）

我的毕业致辞，我的第一

我不禁要再次感叹时光的飞逝。大一刚进校园的时候，我是那么稚嫩，什么都不懂，一头闯进学校这个“大观园”，迷迷糊糊地开始了自己的冒险。四年过去了，我成熟了很多，无论是在学习上、处事上还是情感上。这是成长的必修课。如果有人问我，在这里的四年是否有某一个瞬间后悔过，有某一件事情没有尽全力、想要重新来过，我的答案一定是：没有，完全没有。即使时光可以倒流，再让我经历一个这样的四年，我可能连现在这样的程度都达不到。再给我一个这样的四年，我想我只会退步，不可能再做得更好。是的，我是如此这般评价我这四年的表现，我没有留下过遗憾！

快到大四期末的时候，学校开始统计毕业生总数，核对系里具体专业方向的学生人数和每个毕业生的个人资料。在一封要求进行信息核对的邮件中，我偶然发现，自己与其他三人在我们这个专业方向里拿到了 GPA 3.7 以上，而且只有我们四个做到了。我终于开始有点儿按捺不住，兴奋了起来。我开始有了这样一个念头：难道我能以专业方向第一名的身份毕业吗？这样的想法充满了我的小脑袋瓜，我开始思考怎么能够确认自己成绩的具体排名位置。

因为和其他三个人实在不太熟，我也只能用迂回的形式“旁敲侧击”。有一个是托认识的朋友打听的，剩下两个是在脸书（facebook）上找到人名，私底下留言的。我现在还记得留言的内容，实在有些搞笑。我大概说了一下自己的情况，“谎称”自己很快要回国，而在中国，大学成绩排名是很重要的就业参考条件，所以在报上自己GPA是多少的情况下，我很想确认一下自己的总排名，如果能够告知是否比自己高还是低，我会非常感激，谢谢他们帮了我这样一个大忙。有些胡扯吧，但好像也算说对了一半。从小到大，班级排名、年级排名甚至在重大考试中的全市排名一直伴随着我们这些孩子。比较成绩排名好像已经成为了一个习惯，实际得分的高低说明不了任何问题，九十分并不一定代表高分，六十分也不一定就代表低分。我觉得到了大学毕业，我又拿出了排名那一套真的有些不合时宜，但是这一次，我离第一名如此之近，还是这么有含金量的第一名，一点点积累下来的第一名，不弄明白，我肯定是不罢休的！

大概美国人对于成绩真的不如我们那么在意，既然我问了，他们也就回答了。尽管和我不熟，他们也愿意“伸出援助之手”。于是我竟然真的确定出了这样一个结论：

我是以 GPA 总成绩排名第一的身份从我的专业方向毕业的！天呐！惊天大消息！我的不后悔是有依据的！

可能自己从当学生开始，真的很少有真正拿第一的时候，所以我实在抑制不住内心的喜悦，很快就和家人及身边的朋友分享了这一个对我来说的好消息，然后，我们专业方向的同志们就都知晓了。记得最后几次去台里的时候，总会有人跑过来，睁着他们那水汪汪硕大的蓝色眼睛问我：听说你拿了第一呢！好棒！没有攀比和妒忌，我得到的是他们发自内心的祝贺。不过在这样的完美结果中还有一个小小的美中不足。事实上，在 GPA 的高分中还会分出几档，每档都有专门的荣誉称谓，叫作“拉丁文学位荣誉”，这是许多欧美国家大学的传统。而在我们学校，这称谓将印在获得者的毕业证书上，且最高的称谓是给 GPA3.9 以上的毕业生的。我的 GPA 是 3.89 多，差一点点，没能达到 3.9 以上。在知道 3.9 是我们学校最高等级的标准线后，我还真的是有那么一丝不甘心，就好像奥运会比赛中仅以极微弱的差距与金牌失之交臂的银牌获得者的感觉一样。虽然我的情况根本无法与之相提并论，但是要说不甘心的程度吧，我倒是不觉得自己会少很多。从这个角度来说，我倒是有点儿想让时间倒流，只要某一个学分成绩再稍微高一点儿可能就足够让 GPA 跳到 3.9 了，于是这成了我这四年来“最大的遗憾”。不过，在这个大家都认为是我们系里最不好学的专业方向里拿到第一还是给予了我一种独特的骄傲，这一点我想又是别人体会不到的了，所以我应该已经满足了才对。

说完了拿第一，我们再说说另外一件更加值得一提的事情。期末的最后时光我好像开了挂似的，值得惊喜和激动的事情一件接着一件“找上了门”。而这一件用简明扼要的方式说就是：根据不完全统计，我成为了我们新闻学院历史上第一位代表所有学院毕业生上台发表毕业致辞的外籍毕业生。那一刻的每一个瞬间，至今都还在我眼前。那是即使到现在为止都让我觉得无比辉煌的时刻，就像某个顶点一样。

说起来，这又是一次大胆的尝试。看来大四这一年我真是勇气可嘉。又是偶然看到了一封系里面的邮件，说开始选拔毕业致辞代表和司仪，这让我一下子就动了要当致辞代表的“邪念”。我找格里利商谈了此事。他很支持我，但是同时也马上给我“泼了冷水”，要我做好心里准备，因为据他所知，系里面从来没选中过外国学生。

我们学院是自己办毕业典礼的。虽然一个学院独立举行毕业典礼也没什么稀奇，但毕竟新闻学院不像其他一些学院，下面有很多系，说到底就是一个新闻系带着一些不同专业方向而已，再加上我们拿的着实“不常见”的新闻学士学位，所以这个毕业典礼在我眼里还是挺特别的。其实我早就想好了，选上了就是加分，锦上添花，选不上就当作正常，预料之中。不过既然准备做了，就要拿出百分之二百的态度来，毕竟态度决定一切。于是我起草了规定的三分钟演讲稿。我想了想自己的演讲稿，觉得还是要强调自己作为演讲者的“与众不同”。只有我能证明，而本土学生却不能很好证明的——这个学院的包容性和多样化。这是我作为演讲者的优势，我既能代表一名普通大学生，又能代表一名“特殊”的留学生。我的立场、视角比本土学生更加多面，我能表达出来的感受当然也更多。我首先是表达了自己的荣幸之情，然后就点出了国际学生很少能站在这个舞台上的现实。但是我就是要打破这种现实，去证明，尽管我们存在着差异，但是我们都是这个学校的一分子，我们在这样的外壳下都变成了一个大家庭里的伙伴。

我还特意跑到学校行政大楼里数了一下到底有多少个国家的学生在这所大学上学。正好行政楼一楼的大厅墙壁上挂着一张学生国籍分布图。我又发邮件给我们系核实了在我们系就读的外籍学生到底有多少，来自多少个不同的国家。就这样我在一开始便切入了我想表达的主题，强调了我们系是多么富有国际色彩，我们系的毕业生是如何连接了整个世界，成为世界不同国家和地区新闻领域里的中坚力量。一个小学校，一份大事业，震撼着整个地球，多么慷慨激昂，我们学院业界的影响力之大名副其实，而我就是可以证明这一点的那个人，这就是我的策略。

听多了本土学生的“陈辞”多少会有些乏味，我反倒是从这样的夹缝中挤出了优势，说不定可以放手一搏，格里利也赞同我的策略。当然我不会忘记煽情，也不会忘记在适当的地方开几个小玩笑活跃一下气氛，更不会忘记鼓舞大家迈向明天的士气，告诉大家，是这个学校教会了我们把不可能变成可能。最后，我还想到了用我们在中国最常用的一句校园致辞来结束语我的演讲，虽然这句话在中国被说烂了，但是用英文说起来倒是挺“洋气”：“今天让我们以学校为荣，明天让学校因我们的成功和成就为荣！无论我们走到哪里，我们始终都是一群 Mizzou Tigers。让我们在离开学校前再一次一起呼喊一遍我们的口号吧，我来喊 M－I－Z，而全场一定会以雷鸣般的声音做出 Z－O－U 的回应，让收场震天动地。”

好吧，这就是我的计划。想想全场那么多人，学生和家长一起呼应我的震撼场面，一定很壮观。为了能够让我有机会得以实现自己的设想，格里利又牺牲了很多业余时间“进化”我的演讲能力。无数个下午或是傍晚，我会和格里利在 KOMU 8 里的一个小屋子中反复进行练习。格里利会对我的语气、停顿、手势甚至情感的细微变化给予指导。他一遍遍地纠正、讲解，我一遍遍地揣摩、练习，直到演讲稿倒背如流、铭记于心。

终于，审核的那一天到来了。每一个想要竞争的毕业生都要先提交自己的情况说明，评委会会先“考察”一下申请者的学习成绩、所获得过的奖项等硬件条件，然后才会进入面试阶段。每个人都要在评委会成员面前用三分钟将自己写好的毕业致辞稿“表演”一遍，然后回答评委可能会问出的个别问题，最后再等待他们的通知。终于轮到我进屋了，面对评选委员会的代表，我深吸了一口气，想着：反正来都来了，就努力声情并茂一点儿，不是之前也练习过童话故事嘛。那都能做，这有什么不行的。就一次机会，一定要把握住。于是我毫无停顿、慷慨激昂地“陈述”了我的演讲稿。三分钟一眨眼就过去了，出来的时候我都觉得有点儿不现实，我这就讲完了？于是我又跑回去，此地无银三百两地向评委会成员再一次强调：我是真的很想当毕业致辞代表，希望你们能够慎重考虑我哈。我觉得自己这种举动有些二，不过评委会也确实询问了我为什么觉得自己，一个外国学生更适合当毕业致辞代表。我当然早就准备过这个问题，就怕他不问呢，于是我就开始了自己的侃侃而谈。

可能格里利事先的预防针打得很到位，我始终觉得自己被选中的可能性并不大，所以那之后就没再太在意这件事情，心态保持得还挺好，有几天脑子里都忘了这茬了。而幸福就是来得如此之突然，真是什么好事都被我赶上了！在面试过去了很多天之后，有一天早上，我按照习惯打开邮箱检查邮件，结果一封来自评委会的祝贺信突然映入我的眼帘。我点击进去的时候，手都是发抖的。我真的不敢相信：恭喜你，徐梦媞同学，你被选为毕业致辞代表，请将你的最终稿于 ×× 日之前上交，我们将进行最后的内容审核，也请你于 ×× 日之前速与 ××× 联系相关事宜。

邮件大概就是这样，挺简短的，但足以让我激动地瞬间落泪。我毫不犹豫地迅速给父母拨通了电话，之后又再次迅速地开车来到学校，跑到格里利的办公室，告诉了他这个天大的好消息。格里利得知消息的时候直接把我抱了起来，激动地大叫了一声，我能感觉出来，他的喜悦一点儿都不比我少。我一直不停地感谢他，嘴里还念叨着，为什么我是那么幸运。听到这话，格里利突然严肃了起来，“一本正经地”对我说：“在我眼里，我觉得不是你幸运才获得这些，而是你比任何人都要努力，所以你值得拥有这些。”这些夸奖之词放在平时，也许会让你觉得很普通，也很客套。但是，没有人会知道，我当时听到格里利这样说时内心是怎样百感交集。他是我的恩师，这样的评语是对我四年大学生活最高的评价，最好的肯定。

也许是因为一直都没有外籍学生，尤其是中国学生做过新闻学院的毕业致辞代表，所以大家都格外兴奋。毕业典礼那天，我的很多朋友，不管是中国人，还是美国人甚至是其他国家的人，都跑到了现场给我捧场。孩爹孩妈、球爹球妈、大师姐、飞哥一家都是拖家带口连小孩都上阵的，还有晶晶一家，她自己就是个孕妇，还挺着大肚子来给我助威。我的室友小朱更不在话下，还有我的健身教练，我的学妹们，等等，我的父母，我的姐姐，上帝保佑，我不要漏掉谁。

The alumna speaker will be Meredith Artley, BJ '95. She is the managing editor and vice president of CNN Digital, where she oversees the editorial initiatives for CNN.com and CNN Mobile. Artley leads a team of 130 talented reporters, producers and editors around the world to fuel the world's top news site on Web and mobile platforms, as well as the most-followed news organization on social media. She joined CNN in 2009 and is based in Atlanta.

Before joining CNN, Artley was a managing editor for The Los Angeles Times and the executive editor of LATimes.com. Prior to that, she was based in Paris as the editor and digital development director for the International Herald Tribune.

Artley began her career at The New York Times, where she pioneered Web journalism in the early days. She was a part of the Pulitzer Prize-winning team for the NYT's "Race in America" series in 2000.

She is vice president of the board for the Online News Association.

Ryan Brown

The master of ceremonies will be Ryan Brown, a strategic communication major, business minor from St. Louis. A Dean's List student, Brown was a member of Alé student chapter of the National Association of Black Journalists and on the Dean's List. He worked at the Mizzou Rec, and was the head coach for the MU women's club basketball team. Brown's capstone team created a campaign for Radiology Consultants, Inc., the exclusive radiologists for Boone Hospital. He will join Moosylvania in St. Louis this summer.

The student graduation speaker will be Mengti Xu, a radio-television journalism major from Tianjin, China. She reported and anchored for KOMU-TV, earning two regional Mark of Excellence Awards in television general news reporting and television news photography from the Society of Professional Journalists in 2013. Xu served internships at Tianjin People's Broadcasting Station and NewsChannel 5 in Nashville, worked for Missouri Digital News and the KMOX State Capitol Bureau, and participated in the Fox News College Challenge of 2013. Xu served as education committee chairwoman for the student chapter of the Society of Professional Journalists in 2012.

Mengti Xu

学校官网发布关于毕业典礼致辞人消息（截取自学校官网页面）

From the Class of 2013
Commencement Address by Mengti Xu, BJ '13

Today is a special day…for me, my fellow graduates, and our families. It's rare for international students to deliver this speech. A myriad of differences separate us. But, today, I am here to show we are all the same in that we are all Missouri Tigers.

I remember a professor telling me that teaching at the No. 1 journalism school in the world gives him an opportunity to make a global impact.

There's an interesting map right there in the lobby of Jesse Hall. The map lists the 119 home countries of Mizzou's students. 27 of them have been represented at the J-School, so, this school is probably the most diverse on campus! Imagine…these students go back to their countries after graduation with the knowledge and skills they gain here. The school makes it possible for us to connect, influence the world and make the Mizzou spirit felt around the globe. It's unbelievable…the world comes to Mizzou for journalism and strategic communication, and the J-School sends its student to the world.

Today is very special because for many of us today is the last day of being a college student. Monday we will have to face the real world, maybe competing with thousands of graduates from other schools for the same opportunities in the job market.

And then there's the added pressure of friends and family asking have you created a fancy portfolio website. Uh…Not yet. Or do you have a cool design for your resume…I'm working on it. Or how many resumes have you sent out…No, still zero.

But, we also know our experience here at Mizzou has given us the confidence to compete. More important than the academic knowledge, our school taught us how to communicate, how to cooperate, and how to understand each other.

You might not have thought about it, but we have changed a lot since we first came to campus. When we walk around this campus again, and see the columns, J Cafe, or even the journalism labs, we will realize how much we have grown…we will realize this school has taught us how to make impossibilities possible.

I told my best American friends, they can cry at my goodbye party because we share many precious memories we can think of in the future. There is still a really long way for us to go, but what I really want to say here is: Today, we are proud of being Missouri Tigers. Tomorrow, let Missouri be proud of us for our achievements and success! We are a family of Tigers no matter where we go.

M-I-Z…Z-O-U

Thanks!

毕业致辞原稿

从典礼一开始我就是和学院领导一起坐在台上的。作为除了司仪以外仅有的坐在台上的学生，我有些紧张，也有些拘谨，毕竟台下在座所有人的眼睛都在盯着台上的一举一动。我的演讲在比较靠前的位置，我虽然手上准备了演讲稿，但我是完全做好了全程脱稿的准备，希望能够完成一次感染全场的演说。

没有停顿、没有错误、没有卡带，我的演讲进行得非常顺利。刚接过话筒时，我特意用十分轻松愉快的语气表明了一下，我要用自己的母语和在场的中国伙伴们打个招呼，这算是我给大家准备的一个小彩蛋吧！当我说到回到英语吧（back to English）的时候，引来了全场爆笑，这是我没想到的。之后的部分按照我的设想稳步进行着，没有任何偏差。当我呼喊完最后的口号时，全场的回应真是震耳欲聋。虽然我在脑子里预想过无数次这样的场景，但是都不如眼前来得如此真实，如此震撼。更令我想不到的是，我刚要离开演讲台时，看到全场开始起立鼓掌，先是由我们专业方向的人发起了第一波“攻势”，后来这波“攻势”带动起其他专业方向的学生，最后乃至全场坐在观众席上的宾客都毫不犹豫地站起了身，给予了我比刚才的口号声更为响亮的掌声。原本我以为这是我的同学们密谋好的戏码，但后来他们告诉我，他们真的都是不自觉地站起来鼓掌的，绝对没有串通一气。演讲的紧张感倒是没把我怎么样，这样的鼓掌场面真把我“吓”懵了，我完全不知道自己接下来应该做些什么。我点头了很久，眼泪都要掉下来了，那是感动和激动的泪水，是一种狂喜。在漫长热烈的鼓掌声终于开始落下时，我先是感谢了大家，然后很不好意思地把话筒传回给典礼的司仪，并抱歉耽误了一点儿进程的时间。这样不好意思的抱歉又引来了现场的笑声，我想这个毕业典礼是有些与众不同了，有些格外欢乐。

后来为了领毕业证而下台排队的时候，坐在第一排的我们专业方向的挚友们都一一与我拍手击掌，我突然感觉自己好像是在什么大型音乐或是电影颁奖典礼一样，像一个明星获奖一般得到了大家的祝贺。大家都与我拥抱，我的亲友团们还在纳闷我怎么认识这么多人，其实大家都是在友好地向我表达演讲成功的祝贺而已，其中的大部分人我都不太认识，但那并不影响我们在那一刻分享彼此心中的快乐，跨越国籍、超越隔阂，我们可以与身边的任何一个人做到彼此祝福。

终于有机会，我能和格里利交谈上几句，我问他："我发挥得还可以吗？"他说这是他看到的最棒的"表演"，比每一次镜头面前的我还要闪闪发光。他还说，在他的印象中，好像还没有任何一个学生致辞代表获得过全场起立鼓掌的"待遇"，他为我骄傲，那真的是值得被永远铭记的一瞬间。

我很开心我的父母在那一刻就坐在观众席上，与我一起分享了这份荣耀。我已经在典礼之前和他们简单描述了一下我的演讲内容。在所有人站起来为我鼓掌的时候，我想他们一定能够明白，一定能够看得懂，听得懂，他们也一定和我一样兴奋、激动。我想，我没有辜负他们的期待，我是一个值得他们骄傲的孩子。虽然现在我和当时很多在现场的友人分隔在世界各地，但是地理的阻隔无法拉远我们心的距离，当时的相聚留在了永恒的照片上，那是我们一起度过的美好岁月。我永远也不会忘记他们眼中的热泪盈眶，不会忘记他们给我带来的感动。我想告诉正在看这个篇章的每一个学生：不要荒废你的黄金岁月，学生时代的美好只有自己能够体会。未来的后悔总是廉价的，现在的抓住才是最大的幸福。

说起来，人生的际遇就是无法预测的。这一节的故事本来应该在这里结束，但是人与人相遇的巧合又给很多过去的故事写出了新的章节，包括我的在内。前一段时间，我的现任老板去参加了一个课程，讲课的教授是来自密苏里大学新闻系的。我听到这一消息时，虽有些好奇，但因为自己对那位教授的名字实在是没有任何印象，所以并没有什么特别的回忆被调动出来。但是当我老板把我的名字和情况告诉那位教授时，见证“神奇”的时刻到来了。那位教授竟然对我有印象，并指出了那场毕业典礼应该是与我同台坐在一起的。突然间，我的思绪万千，记忆像倒带子一样开始回放，我马上拿出手机找出多年前的老照片，放大再放大，定睛一看，那位教授在当时的毕业典礼上真

毕业典礼致辞中

毕业典礼后和同学、老师们合影

的就坐在我旁边。这么一回想，我们似乎还简单地交谈过几句。我当时在心中感叹：能够坐在台上的有着中国人面孔的教授肯定很厉害，因为超稀少。而她似乎也对我毕业致辞代表的身份感到惊喜不已。倒带成功后，我不禁在想，即使我没上过这个教授的课，我们曾经只有过一面之缘，但未来崭新的人生际遇又把我们联系在了一起，我又得以再次回忆了那份场景带给自己的快乐，那是即使时间再久远，也从未褪色的一段美好记忆。

我继承了一块石头

我之前不是说，我在 Mizzou 的日子里曾经因为学业哭过两次吗？第一次已经讲完了，这第二次终于要登场了。但是这次的故事不是关于气馁和挫败的，而是关于喜悦和鼓励的。

可能因为成绩一直还不错，又获得过小小的奖项、拿了专业方向的第一、还成为了毕业致辞代表吧，这都是我的猜测，我荣幸地在毕业前收到了来自 Kappa Tau Alpha*，这个在美国有着百年历史，十分具有权威性和影响力的美国大学新闻及大众传媒荣誉学会的入会邀请函。这个学会是会员邀请制度，每年在全美只有少数被认定为很优秀的学生才有资格获得入会邀请。顺带一提，学会最初成立就是在我们学校新闻学院完成的。截止到我毕业那年，该会成立一百零三年，来自我校的会员仅有三千九百人。

---

*Kappa Tau Alpha，文中提到的荣誉学会的英文名称。

我们学校很重视新成员入会这件事，不但在毕业典礼上向接到入会邀请函的毕业生们现场道贺，还会专门为受邀人士举办一个小型表彰会。而我这第二次抹眼泪就是在这次表彰会结束后发生的。

其实表彰会的仪式很简单，举办场地也小得可怜，就是在一间教室里，学生、学生亲友、老师、工作人员等挤在一起。因为空间不足，很多人还得站着。但这样的景象让我们瞬间不再觉得仪式有多正式、多严肃，反倒有点儿像吃热闹的散伙饭一样，大家开开心心地互相道别、互相祝福。就在快要结束的时候，我在屋子门口瞄到了一个熟悉的健硕身影。没想到格里利还特意从楼上的办公室跑下来给我站台了。

仪式一结束我就赶紧跑过去和他打招呼。他说他正在做一些收尾的工作，不过他就是想下来看看，一会儿就得上楼，待不了太久。他搂了搂我，我感受到了父亲般的温暖。就在这时，他好像突然意识到他此行的真正目的，定了定神，看向了我。

他就这样毫无征兆地从他的衬衣口袋里掏出了一个斑驳的小石子。格里利拿在手里，一本正经地对我说道：“其实我是有个小礼物要送给你的。这个呢，是在我很久以前不经意间捡到的一块新闻学院建筑的小基石碎片，很小的一部分。我把这块小石头带回家做了仔细的清洗。”说到这里的时候，我还没太理解格里利到底是什么意思，怎么突然讲起了一个小石子的故事。不过他继续说道："可是，我从来没有去做最后的打磨，因为我想把这件事情留给我最想要托付的学生去完成。而我认为今天，此时，是最好的时机，我把这块小石子交付于你。"格里利微笑着，"我相信，你一定能把这一步做得很好，希望它会成为一块非常漂亮的小石头，收下它吧，我很期待。"

听完这些话以后，我瞬间明白了，然后大哭了起来。格里利就像一个父亲一样，在这两年的时间里呵护着我这个离开家的孩子。突然，我觉得这块小石子虽然很小，但拿在手里却有千斤重。这是格里利与我道别前对我的嘱托，承载着他的梦想和我的梦想。"继承"别人的意志是件很不容易的事情，但是此时我却愿意接受这份"殊荣"，我发誓要好好完成这项使命。这份约定跨越了国家，超越了种族。我们之间可以相互欣赏，也可以相互理解。即使我暂时离开了学校，我和格里利之间的情感也不会因此而变淡一丝一毫。他永远都是我的恩师，我永远都会努力去做那个让他骄傲的学生。

我哭得像个孩子，其实我还就是个孩子。在嘈杂混乱的人群中，在家人的陪伴和见证下，格里利温暖硕大的手掌轻轻拍着我的后背，说道："继续前行吧，孩子。"短短的话语后，格里利和我还有我的家人道了别，他带着微笑向我挥挥手，让我不要再继续哭了。在他面前，我像他的小女儿一样，有时也会撒娇，有时也会发脾气，有时会找他求助，有时还会和他分享。现在的我，一直在努力做着他所嘱托的事情，从没忘记，也不曾掉以轻心，不曾想要放弃。五年过去了，一块小小的石头仍在不断地给我输入巨大的能量，比起自己的单薄，拥有两个人力量的我足够强大。

荣誉学生毕业典礼上，我和格里利传起了小纸条

我的毕业时刻真是一部剧情片，不是哭天抹泪就是慷慨激昂。除了学院的普通毕业典礼，我还参加了一个特别的荣誉学生毕业典礼。典礼的举行依旧是在那个我发表毕业致辞的体育馆里，但与普通毕业典礼不同的是，每个荣誉学生可以选择一位自己想请的老师作为见证导师坐在身边。对于我，那个人选当然是格里利。这样的形式倒是有点像博士生导师送走自己的博士生一样，隆重了不少。

因为要开车先把爸妈送到体育馆，而之后找停车位又浪费了一些时间，我稍微晚了一些才进入到体育馆里。此时，仪式已经开始了，我被迫坐在了离典礼舞台最远的观众席上。这下可让我焦急了起来，我四下张望，根本顾不得主持人在那里滔滔不绝讲了些什么，只想赶紧找到格里利的身影，毕竟好不容易可以和格里利一起参加这个特殊的毕业典礼。张望无果，我垂头丧气地坐在椅子上不知道如何是好，感觉糟糕透了。就在这个时候，爸妈和姐姐突

然走过来，用手势示意我向前方看，并用我其实不太能读明白的“唇语”表述着一个大概意思，那就是方才格里利和老板他们联系了我放在爸妈那里的手机。他们不但给我留了位置，并且和我一样，从仪式开始就在找寻着我的方位。顺着手指的方向，终于，在右前方比较靠前的位置，我看到了一个熟悉的魁梧身影，他不停地在向我招手，找到我的兴奋程度就和我终于和他对视上的兴奋程度完全一样，我赶紧做了回应并马上准备和他们会合。他示意我从中间的小过道跑过来，我看了看周围，趁大家不注意的时候，赶紧“浑水摸鱼地”蹿进了我们的阵营。格里利看到我终于出现在他的身旁后，吐露了心声：“我早就看见你了，可你一直低着头不看我们这边，我都快急死了。”

格里利那天穿着硕大的袍子，整个人显得更魁梧了，这让我有点儿想到了《哈利·波特》里的那位巨人，而他们的另一个相同之处就是，他们都守护了自己心爱的“学生”。好在好戏一个都还没错过，这场特殊的毕业典礼也正式拉开了帷幕。首先，被邀请到的见证导师们会集体起立接受大家，尤其是自己身边学生的致敬，毕竟他们旁边坐着的“高才生”都是他们一手“调教”出来的骄傲。我记得很清楚，格里利在站起来的时候一直握着我的手，有力且还是那个词，温暖。能够这么近距离地与格里利享受师生间的荣耀，那一刻，他很开心，我也很开心。之后，当我因获得的荣誉“无数次”站起来接受表彰时，当我走上台前领过荣誉学生毕业证书时（正本是之后寄送到国内的），我能清楚地听到格里利在一旁的呐喊声和叫好声。说实话，我能这样参加两个如此不同的毕业典礼，并且留下了这么多带有故事的回忆，真是幸运至极。

在回忆的众多片段中，还有一个小故事很让人暖心。当我和格里利坐在台下听着台上的各种致辞和发言时，我们玩起了一问一答的小游戏。他拿出了一个小本子，在上面写下了各种大大小小的问题。其中一个让我印象最深的就是："你在 Mizzou 里的最高峰和最低谷是什么时候？分别是哪件事情？"他绝对不会猜到我的答案："那次因作业没'合格'而在你办公室里哭泣，就是我这四年来心情的最低谷。而心情的最高峰就是前几天收到你的小石子礼物，虽然我又不争气地哭了，但那时我只感觉到了快乐和满足。"看到我的答案时，格里利似乎有那么刹那间的意外，不过很快就变成了意味深长的笑容。之后，我也"抢"过他的小本子开始胡乱涂涂画画："您什么时候开始觉得我是个值得培养的学生呢？"这问题似乎问得有点儿太厚脸皮了，这不就是想听夸赞嘛，但我确实很想知道格里利是从什么时候开始关注我的。看到我的问题，格里利还是笑笑，并写道："其实一开始你跑到我面前说，你想试试当主播，你要参加比赛，你要挑战美国学生，我只是觉得这个小女孩嘴里说的话有些不切实际，不过勇气倒是可嘉。我以为你就是三分钟热度，但是和你接触多了之后，我却发现，你是个那么努力的孩子，那么执着，那么认真，一次次地将不可能转化成接近可能的存在证明给我看，于是我就想尽我最大的努力帮助你，帮你哪怕多一点儿靠近你的愿望。”就这样，我们的一问一答很是快乐，几乎忽略了很多台上的过场环节。

在我离开美国前的某一天，我和格里利特意约好了在他办公室里见面。坐在他对面，我似乎又想起了那次抹眼泪的景象。一年多过去了，我在他心里已经蜕变成了一个令他放心的“大姑娘”。而这一次，他给我准备了一堂一对一的临别之课，非常认真的。他甚至分别用手写和机打给我准备了不同的笔记，工工整整，一目了然，逻辑清晰。我被他这样的用心感动得一塌糊涂，差点儿就要留下第三次眼泪了。格里利看着气氛似乎要向过于温情的方向发展，于是赶紧止住了这种趋势，将它回归成轻松的课堂风格。

他送给了我一本关于学院的册子，附带着他的赠言。我感觉这样的授课既像是学校的最后一堂课，也像是进入社会的第一堂课。虽然格里利知道接下来的路需要靠我自己去走，虽然他知道我一定会遇到各种各样的问题，我会再一次迷失方向，我会遇到很多挫折，但是此刻，他还是禁不住、恨不得再多跟我讲上一两句，把他知道的全都讲给我听，只要能降低一点儿我走弯路的概率。我充分体会到了他的这份心意，这份不舍，还有这份担忧。我静静地听着，一点儿不觉得他过于唠叨，我也想再多听一句，再

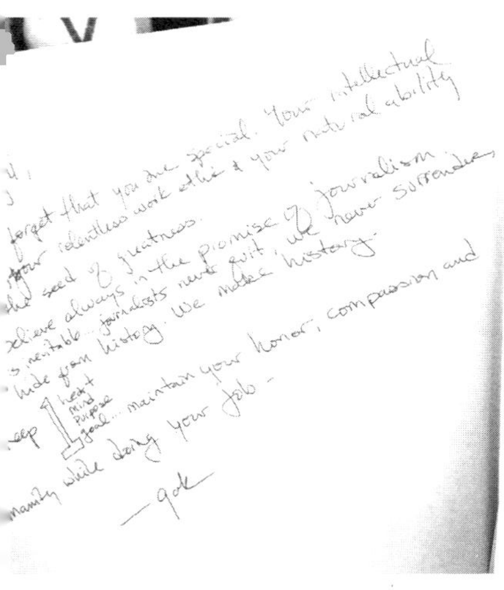
forget that you are special. Your intellectual
your relentless work ethic & your natural ability
the seed of greatness.
believe always in the promise of journalism
is inevitable... journalists never quit, we never surrender
hide from history. We make history.
keep 1 heart mind purpose goal... maintain your honor, compassion and
humanity while doing your job –

—gok

Mengti Xu

- Work hard & keep your mouth shut – never say "That's not the way we did it at KOMU..."
- Constantly listen and be open to others...your coworkers and your audience.
- Beware cliques.
- Be aware of office politics – understand the system and use it to your advantage.
- Learn everything. Be a learning machine and don't limit yourself. (Learn everything about your station – your market – food & drink – the stock market – sports --- become a true Renaissance reporter.)
- Be the best and work with the best to bring out their best.
- Accept the blame, deflect the credit. (Every good story is because the photog did a great job. Every screw-up is YOUR fault. They'll respect you for not pointing a finger, and they'll go above and beyond when they know you'll give them the credit.)
- Be the newsroom's go-to person. Pay your dues. But when you've earned everyone's respect, gracefully back off so you don't burnout.
- Get in the habit of recording your stories everyday. Keep a hard drive at work just for that.
- Get regular critiques. From your ND, or someone here.. but better yet, be working towards your next job, and get critiques from someone in the business in a market you'd like to be in several years down the line.
- Plan road-trips. Set up 3-4 stories at the fringe of your viewing area. Get the boss to give you all day to shoot and, then write and edit the next day or so.

Learn how to manage your boss so it's his idea to give you what you want.

Get organized – desk (clean it off everyday before you leave) – business cards (give them out like candy!) – filing system (scripts/contacts) – record your work everyday Make it a habit so if the worst happens, you'll have a stockpile of your work to choose from. It will also be a great habit because there will be stories that you don't think much about until later, then you wish you'd recorded them. – And have your own hard drive with generic video. Whenever you cover something you might go back to (9-1-1 call center, crime lab, inside a bank/hospital/jail) keep the best shots from the raw so you'll he your own file tape system!

Explore the city and ADI – get involved in city life. (Leadership groups, Charitable organizations, Civic Clubs are great sources for networking.) Plan, don't plunge.

Final couple of tidbits. It's easy to fall into a rut and let this opportunity turn into a J-O-B. Refuse to let that happen!

格里利给我上的最后一堂课

荣誉学生毕业典礼上与格里利合影

多待一秒，然后再走进从今往后没有格里利在我身边“保护”的现实世界。我知道，我真的要独立了，要走出去闯一闯了。在他的最后一堂课（final lecture）中，让我印象最深的就是下面这几句话：不要害怕“炒掉”你的老板（我觉得除了字面意思，这更是为了告诉我应该用一种什么态度去面对自己的每一份工作）。当你做得不开心时，不要过分忍耐，不要过着每天忍气吞声、痛苦的生活。你的未来要由你自己做主，潇洒地离开，寻找更好的未来未尝不是一件好事。直到今天，我还在揣摩着这几句话的意思，我想“勇于站出来”“勇于坚持自我主张”“不要让周遭不好的环境和人际关系影响自己”大概就是这里面的意思吧。对于这几条，我还在努力实现的路上。

帮格里利写的一封信

虽然接下来要讲的这件事发生在我回国好几个月之后，和我留学真的一点儿关系都没有，但是用来作为这一章的结尾，我觉得再好不过了。

2013 年的 6 月底，我坐上了回国的飞机。数月后，就在 10 月下旬，格里利突然在社交网络平台上给我留言，说如果有时间的话联系一下他，他有个不情之请。其实回国以后，我们一直都保持着通信，互报近况，说一些家常。自从我们这批学生毕业以来，学校的新闻学院也发生了不少改变。老板已经不再是 KOMU 8 的新闻中心主任，而是开启了一段他一直梦寐以求的新事业，在学校里负责他一直喜欢的与纪录片相关的工作。格里利也通过这次通信告诉我，他正准备辞掉 Mizzou 的职位，去新的学校迎接新的挑战。不过，毕竟对于我们学院来说，格里利担任着重要课程的导师，而且是我们学院口碑的保证之一。他这一走，必然也会带来一场不小的骚动。但我也知道，一个时代的强盛必然就要迎来这个时代的衰竭，新的时代总会到来，取代过去的，然后成为新的神话。任何人都要前进，任何故事都会朝新的方向发展。

说到这个不情之请，还真是让我有点儿意外。格里利告诉我，在他申请的几个岗位中，其中一个是哥伦比亚大学新闻学院（硕士）的教授职位。据他所说，哥伦比亚大学新闻学院非常看重多样化发展，而想到这里，格里利就立刻想到了我。他认为，我这个外籍学生在上学期间所取得的种种成绩，对于诠释哥伦比亚大学新闻学院的这个“信条”来说是最有说服力的了。对，我可以成为一个绝好的证明。

以前说到推荐信，我只有让别人给我写的经历。真没想到，如今我也有这个荣幸去给这么一个曾经在一线辉煌过，后来为人师表又如此杰出的人写上一封推荐信。我常想，我和格里利的故事总是能够这样继续发展下去，无论我们身处何方，我们总是用各种方式继续加深着我们之间的情谊。

给格里利写推荐信可不是一个简单的活儿，毕竟是那么重要的推荐信，为了一个教授的职位，并且还是给哥伦比亚大学这种知名学府。怎么下笔，我左思右想。我又突然想起了格里利以前说过的那段话。那就是他总是执着于做第一。现在往研究生院迈进，他也要贯彻他的第一风格，这才是他的个性。当然他对第一的执着也不单单局限于去排名高的学校，他也有着“开疆辟土”的责任心。比如去还没有新闻学院的学校帮助他们建立属于自己的新闻学院，又或者去那些新闻系并不响当当的学校帮助它们名声大噪，总之，“培养新人，打造强者”一直是他扛在自己肩膀上的责任。

毕业生给老师写推荐信，听起来倒是有那么一点儿新鲜感。在打了几次草稿后，我有了一些下笔的方向。我在想：其实展现自己的所得就是在展现格里利的育人本事，我作为一名学生的成功就是在说明他作为一名老师的成功。于是，在推荐信的第一句，我是这样开头的：“He is my life mentor. Yes. He is Greeley Kyle, who is seen by a lot of students as the reputation of the Missouri School of Journalism.（他是我的人生导师。是的，他就是格里利·凯尔。他在很多学生眼里就是密苏里大学新闻学院好名声的代言人）”有点儿矫情，但我觉得刚刚好。

我讲述了他的“可怕”，也道出了他的“温柔”。我描述了我第一次在课堂上看到他的情景，讲述了我两次痛哭的经历，还有自己参加比赛、成为记者和主播、最后获奖和成为毕业致辞代表的经历，在我身上，我和格里利的相识就是一段“making many impossibilities possible（让很多不可能成为可能）”的美妙旅程。我讲述了继承小石头的故事，讲述了他给我上的那最后一堂课的情形。我总希望能用这只言片语去还原这些事情本来的面貌，就好像那些事情还在发生一样。他教我们做事，更教我们做人。他既教会我们如何与不同的团队成员协作共赢，又把我们训练成了可塑性极强、并具有竞争力的独立个体。在推荐信的最后，我依然直截了当："You have him; you will be always No.1（你们拥有他，你们就会一直成为第一）！"这不就是他的夙愿嘛。

可能是有了写毕业致辞稿的"前科"，我觉得自己真开始下笔后，写得很是酣畅淋漓，如有神助。洋洋洒洒写了很多，很是激昂。我很开心格里利喜欢我的措辞、我的视角，还有我的表达。格里利总是在我的各种故事中充当着一个关键角色，这一次，我也终于充当了一回他故事中的重要帮手。这是另外一种收获，一种满足。

在我们邮件沟通的过程中，还有这样一个小插曲。某次回信，他突然和我提起了我毕业以后他接触到的一个中国留学生。在学期刚一开始，他也很"慷慨"地向那个学生伸出了援助之手，愿意一点点"从零"开始教她。但是格里利说，整个学期，那个学生从未去过他的办公室，尽管在格里利的眼里，她也是个极有潜力的好苗子，但最终故事却没有了下文。后来，那个学生给格里利写了一封很长的邮件，表示了她的后悔和遗憾。可是对于格里利来说，这只是那位学生的损失，绝非他的。在读那位学生的"道歉信"时，格里利想起了我。于是他给那位学生讲述了我的故事。他告诉了那个学生我的付出和坚持，并特意在提到我每周都找他练习时，在"每周"下面打上了重重的记号。当他说起在我们的共同努力下，我成为了第一位在新闻学院毕业典礼上致辞的国际学生时，我又有些热泪盈眶了，一幕幕瞬间跳回眼前，特别鲜活。

格里利的最后一段话让我印象非常深刻。“So, the goal may seem impossibly far away, but you've got to take the first step, and the second, and the third…. And you'll begin to get closer and it will seem less impossible and you'll eventually get there.”这里的“seem less impossible（看起来不是那么不可能了）”真是说得太好了，完全就是我心情的写照。没有什么童话故事，只有摆在眼前的现实。这段话的意思是：“目标可能总是显得那么遥不可及，但是你总要先迈出第一步、第二步，然后继续下去。在此之后，你会发现你自己越来越接近那个目标，而那个目标也会开始变得不再是绝对的不可能。最后，你就会到达你所期盼的那个‘终点’。”我觉得这段话可以送给任何一个人。

何时都不晚，关键是要走出第一步，然后继续走下去。刚开始总是艰辛的，但是积累起来，力量就会变得强大。如果那个学生看到我的书，不知道会不会回想起她的留学生涯中这样的一件往事呢？希望她现在已经成为了那个坚持走在某条道路上的人。

最后，我想用格里利在信件中鼓励我的一句话作为这个“题外故事”的结尾。当我问他，未来，我会成功吗？格里利是这样回答我的：“I'm rock solid confident in you（我对你有着坚如磐石般的信心）！”

人生抉择篇

谢谢这四年

留在美国吗？
是出国让我认清了自己

其实一开始来美国，我本没想着毕业之后马上回国的。我想既然来都来了，多待几年，锻炼锻炼自己也没什么不好。身边的很多朋友都说，辛辛苦苦学了，就别急着回来，虽然我父母都希望我能够回国发展。一直到大三，我似乎都没动过一毕业就回国工作的念头，还总想着怎么去说服自己的父母“回心转意”。可是说起来，留在美国做些什么，想做成什么，其实我也没有细想。

思考遇到转折的契机大概就是在大三暑假的那次实习之后。应该说这次实习从根本上改变了我的想法。已经有过两次对美国地方电视台的深入观察，我觉得我对“是否回国”这个问题有了新的看法。美国的媒体行业已经发展得像一张大网一样，每个网眼都是均匀分布的，没有大的窟窿需要你去填补，也没有透不过气的死疙瘩需要你去解开。因为基本上是在靠市场说话，且又相对独立自由，所以无论是在履行对政府工作进行监督的职能上，还是在坚持服务观众的准则上都有足够的空间和能力去努力做。作为一个外国人，想要融入这张网是很难的。越是完善、越是健全，排他性也就越强，因为你的加入很有可能会扰乱这个有条不紊的绝对秩序。而另一方面，美国的媒体很讲究文化根基。因为在内容、形式、创新等方面拥有更多的自由，所以这个行业对从业者的素质要求就格外高。骨子里没有原始的血液，很难被“种族”所接受。要说自由，我觉得这两个字在美国是一个很矛盾的词。如果客观地从媒体行业的发展来看，走到今天，应该说这个地方的这个行业还是很贴近这两个字的。但是如果从主观上说，女性从业者、非白种人从业者的行业“不适”仍然十分明显。在这些面前，我没有丝毫优势。我真正的优势，就是背着我的所学回到一个仍需开垦的地方，在新涌现出来的空位中谋求一点儿价值。这就是我的理解，也是我对自己的判断。

在中国，媒体行业还处在不断探索、一点点推进改革的阶段。我们的体制不同，当然不可能照搬或是模仿国外的发展道路。但是当互联网时代给电视行业带来了不可忽视的冲击时，当我们观众的思想已经越来越“智能”时，推陈出新，通过创造而来的崭新时代也就摆在眼前了，它是无法忽视，必须发生的。这里的每个机会都能成为我的机会，这里的每个可能都能成为我的可能。虽然我也许还是循规蹈矩，没有什么大成就，即使时光过去很多年，也并没有把我在大学四年里学到的东西完全学以致用，但是在这个漫长的过程当中，我能够发挥自己价值的可能性还是多了一些。我看重这样的可能性，就像一个小目标，万一实现了呢？

我有很多设想，我想在未来的日子里去一一实现。虽然在别人眼里，他们总还是说我很年轻，但是只有我知道，也只有我心里明白，我为什么会如此焦急。所以，挣扎虽有千千万，但最终，我想我还是想明白了，我还是学会了用长远的眼光去看待我身边的事物。正因为有了出国留学这四年的经历，我才更加了解了自己的潜能和自己喜欢做的事情。任何一种选择都有可能是最好的，不论是在国内上学抑或是在国外上学。但是既然做出了一个选择，就请不要质疑。也不要对结果太过执着，对于我们，我始终相信：过程胜过结局，中间的经历更加值得珍惜。

所以，出国留过学的人就会比没有留过学的人拥有更多机会吗？不是，这都是多少年前的陈词滥调了。出国留过学的人就会更厉害吗？不会，那只是从别人嘴里随意说出来的一个笑谈。出国留过学的人就更容易拥有耀眼的光环吗？算了吧，不要相信那并不存在的装饰品。我告诉自己：出国对于我的意义就是让我认清自己，让我有理由相信自己还能够成为一个拥有很多可能性的人。

决定回国

既然想清楚了，那就干干脆脆地回国呗。决定好以后，我就开始做了一些准备。突发奇想，我把那几年以来所做的工作拼凑成了两个视频，一个超长版，一个精华版。当它们从头到尾播放时，我总是颇为感慨，四年，一晃即过。我们专业方向的毕业生都会给自己做这样的视频，不管是为了留存，还是方便之后找工作或换工作。倒是我，在之后的求职路上，其实没怎么用上过这两个视频，看到过它们全貌的人并不多。所以，我想特别感谢那些仔细看过的人，无论是上级、朋友还是家人，因为在他们的评论中，我能够清楚地感受到曾经的自己是努力过的。尽管随着工作经验的不断积累，过去的视频看起来已经有些“老古董”的意味，但是我觉得那里始终保存着我的初心，偶尔看看，还是能帮助自己再看清自己一次。所以，请记得给自己时刻准备一份在自己看来还算漂亮的简历，以及做我们这一行永远可以影像化的资料，随时更新，随时可以拿出来替言语上的自我介绍。

在回国的飞机上，我陷入了沉思。其实这四年过去，我的改变真是无处不在，从坐飞机的习惯上都能看得出来。四年前坐如此长距离的飞机时，我可以热闹全程。但现在的自己再坐这样长距离的飞机，除了能够强烈感受到腰部的不适之外，沉默也是我更乐于选择干的一件事。很多人会说，这是因为我岁数长了，闹不动了，其实说得很对。但我在这里想要强调的，其实是我的心境的变化。我突然想起曾经看到过的两句话，一句话是：从前，我不曾为自己的所作所为后悔过，唯独对于没做的事，总是后悔莫及；另一句是：人生没有多余的经历。大学这四年就是那并不多余的经历。而决定回国就是我不想后悔的事情。我总感觉，如果我留在美国，我会很容易随波逐流。而回到中国，我似乎更有可能成为我想成为的人。

那我又想成为什么样的人呢？我觉得这是我四年间想明白的另外一件事。如果用一句话概括我的答案，那就是：我想成为一个能够影响别人的人。这句话我在这本书的开头就提到过。这么一听很多人又会说，这也叫想明白？太空泛了吧，说了跟没说一样。但对我来说，我却觉得这是一个很清晰的答案。我很想获得一些品质，比如懂得感恩、乐于助人以及拥有社会责任感。但作为一个不再年轻的九零后，作为一名独生子女，我对于我们这一代被贴上的很多标签很是无奈。我们这一代不缺乏有能力的个体，但却缺乏在社会属性下有价值的个体。在这一点上，我很希望自己能够存在这样的价值。我希望自己能够去感动别人，进而感染别人，甚至改变别人，当然，是往积极的方面。

在这样的一段沉思中，我又想起了一个小学妹说过的话。其实我们从没上过同一所学校，因为一个偶然的机会彼此相识，后来她也踏上了留学的征程，所以我喜欢私底下称呼她为小学妹。她是个在我看来很有主见但又很谦逊的人，她的才华横溢和温和善良给我留下了很深刻的印象。记得在一次聊天中我问她：你过去有过那么多的成绩，这样的优越感会不会对你适应新环境带来不同程度的困扰和阻碍？她想了想，回答我："我总告诉自己要有一个'归零心态'。过去是过去，现在是现在，每到一个新的阶段，我就让自己'重置'一次，从头开始，重新来。"其实这个道理似乎大家都懂，但是从我过去这四年的经历来看，我就知道想要做到不被过去影响是何其困难。过去的成功和失败总是会像影子一样，再去影响自己未来的成功和失败，自然而然就形成了一种恶性循环。而从小学妹嘴里听到"归零心态"这样的话，仿佛是对我的一次"严重"提醒。我想，如果我能够做到"归零心态"，大概就会离我想要成为的人更近一步了吧。

结　尾

面对未来，
我希望带着正能量走下去

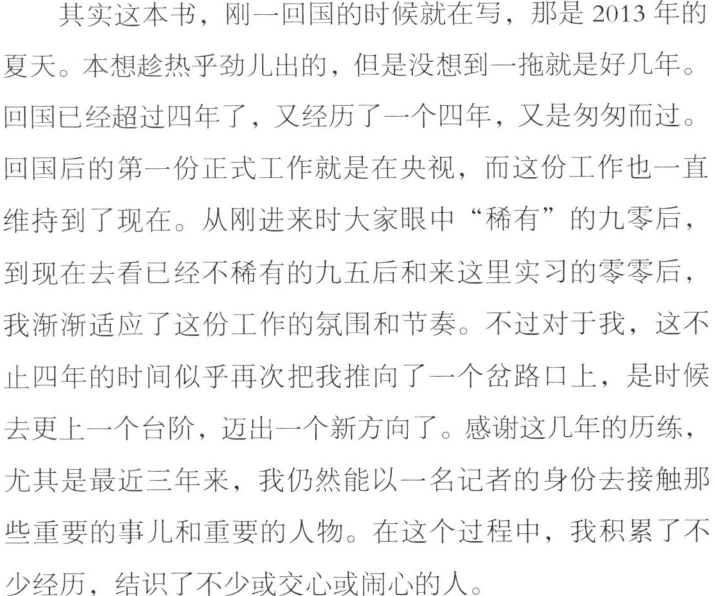

其实这本书，刚一回国的时候就在写，那是 2013 年的夏天。本想趁热乎劲儿出的，但是没想到一拖就是好几年。回国已经超过四年了，又经历了一个四年，又是匆匆而过。回国后的第一份正式工作就是在央视，而这份工作也一直维持到了现在。从刚进来时大家眼中“稀有”的九零后，到现在去看已经不稀有的九五后和来这里实习的零零后，我渐渐适应了这份工作的氛围和节奏。不过对于我，这不止四年的时间似乎再次把我推向了一个岔路口上，是时候去更上一个台阶，迈出一个新方向了。感谢这几年的历练，尤其是最近三年来，我仍然能以一名记者的身份去接触那些重要的事儿和重要的人物。在这个过程中，我积累了不少经历，结识了不少或交心或闹心的人。

虽然我还是有些笨拙，处理不好很多事情，但是我也更加清晰地知道自己想做什么和喜欢什么。我觉得这个就是格里利在最后一节课上给我讲的内容。即将跨入 30 岁的

我，不会让它平淡而令人遗憾地到来。

我告诉自己今年我有必须要完成的事情，我也在心里努力规划着短期、中期和长期的目标。我肯定是一直要在电视与网络圈里的。而在我眼里，电视行业还完全没有落伍，反而将出现“奇迹般”的改造，并在和网络多样化融合后得到升级和再定义，这让我十分兴奋，让我不得不渴望加入到这个过程中来。我要继续写书，建立一个更有价值的圈子，去做至少先令自己满意的节目，并义无反顾地置身到我最爱的动漫领域中，圆一个我从高中开始就在做的“梦”。我已经找到一群满怀热情、志同道合的小伙伴，开始新的探险，去寻找属于我们自己的舞台。我也为自己设立好了一个我认为可行的计划，就像在美国留学的时候一样，我要走到一个我认可的终点。我想我是幸运的，因为我能在这条前进的道路上，将爱好融入自己的事业中，因此我也格外珍惜这份幸运。

洋洋洒洒十多万字，说了很多，也许和你产生了共鸣，也许并没有，但如果其中有一小段让你读得开心抑或感动，作为作者，我就已经十分满足。每个人的旅程都不一定顺利，我想从这里传达给大家的并不是什么成功经验，因为我并不觉得自己已经称得上“成功”二字，我只是希望你在看了这本书以后，和我一样，愿意给自己的人生好好加油。没有一定能够保证的回报，但却有不得不去付出的努力。此处，我想起了一位我很喜欢的运动员，一位奥运金牌得

与巴西总统特梅尔合影

2017 年金砖国家领导人厦门会晤期间独家专访巴西总统特梅尔

博鳌亚洲论坛2018年年会期间专访荷兰首相吕特

博鳌亚洲论坛2018年年会期间采访日本前首相福田康夫

采访俄罗斯驻华大使杰尼索夫

报道“一带一路”国际合作高峰论坛

报道2016年二十国集团（G20）领导人杭州峰会

博鳌亚洲论坛2018年年会期间与中国短道速滑队主教练李琰以及奥运金牌得主武大靖做网络直播

受时任意大利驻华大使谢国谊邀请参加某特别活动（曾多次采访大使本人）

报道 2017 年金砖国家领导人厦门会晤

采访时任可口可乐公司首席执行官穆泰康

采访佟大为

采访任泉

采访美国高通公司总裁阿蒙

2018 年贵阳数博会与北京演播室直播连线

为“我们的动漫世界”六·一特别直播与 729 声工场多位配音演员合作拍摄预告片

采访美国麻省理工学院校长拉斐尔·莱夫

主，曾经在接受电视采访时说过的一些话。当主持人请他给未来的“英雄们”送一段寄语时，他写道：“努力会撒谎，但不会白费。”主持人惊讶地表示，刚一看上去，以为他写的是“努力会有回报”。但他说：他不会这样写。因为要是努力一定有回报的话，冠军就会每次都属于训练量最大的人。而在刚刚完结的奥运会上（采访时间是在 2016 年奥运会结束之后），他看了很多比赛。并再次得出了这样的结论：再怎么努力的人，赢不了的时候就是赢不了。反而年轻的选手有时候会靠着气势将冠军抢下来。所以，他觉得努力也不一定有回报。但是，他还说，没有回报并不代表着努力就白费了。因为没有（足够的）回报，你就会更想从不同的地方再去努力，然后最终找到那个正确的努力方向。

所以，请为了找寻属于你的正确方向，而不是为了你根本无法控制的结局而努力，相信自己的力量，定不辜负你的青春。

图书在版编目（CIP）数据

那四年，青春模样 / 徐梦媞著 .
-- 北京 ：中国画报出版社，2018.9 (2019.12 重印）
ISBN 978-7-5146-1660-6

Ⅰ . ①那… Ⅱ . ①徐… Ⅲ . ①纪实文学—中国—当代
Ⅳ . ① I25

中国版本图书馆 CIP 数据核字 (2018) 第 197264 号

那四年，青春模样

徐梦媞 著

出 版 人：于九涛
责任编辑：郭翠青
责任印制：焦　洋
装帧设计：张　婷
封面摄影：余　洋

出版发行：中国画报出版社
地 址：中国北京市海淀区车公庄西路33号　邮编：100048
发 行 部：010-68469781　010-68414683（传真）
总编室兼传真：010-88417359　版权部：010-88417359

开本：32开（880mm×1230mm）
印张：8.75
字数：160千字
版次：2018年10月第1版　　2019年12月第3次印刷
印刷：北京汇瑞嘉合文化发展有限公司
书号：ISBN 978-7-5146-1660-6
定价：48.00元

因本书出版之时，作者未能及时与书中部分图片的摄影师取得联系，如有疑问，请相关摄影师与本书作者（出版社）联系。由此带来的不便，敬请谅解。